A ALPINISTA

Marcio Pitliuk

A ALPINISTA

**SEXO E
CORRUPÇÃO
NA ALEMANHA
NAZISTA**

ROMANCE

VESTÍGIO

Copyright © 2020 Marcio Pitliuk

Todos os direitos reservados pela Editora Vestígio. Nenhuma parte desta publicação poderá ser reproduzida, seja por meios mecânicos, eletrônicos, seja via cópia xerográfica, sem a autorização prévia da Editora.

EDITOR RESPONSÁVEL
Arnaud Vin

EDITOR ASSISTENTE
Eduardo Soares

PREPARAÇÃO E REVISÃO
Eduardo Soares
Samira Vilela

CAPA
Diogo Droschi (sobre imagem de Magdalena Russocka / Trevillion Images Dmitrijs Mihejevs / Shutterstock)

DIAGRAMAÇÃO
Larissa Carvalho Mazzoni

Dados Internacionais de Catalogação na Publicação (CIP)
Câmara Brasileira do Livro, SP, Brasil

Pitliuk, Marcio
    A alpinista : sexo e corrupção na Alemanha nazista / Marcio Pitliuk. -- São Paulo : Vestígio, 2021.

    ISBN 978-85-5412-675-9

    1. Ficção brasileira 2. Guerra Mundial, 1939-1945 - Ficção 3. Holocausto judeu (1939-1945) - Ficção 4. Nazismo - Ficção I. Título.

20-34776   CDD-B869.3

Índices para catálogo sistemático:
1. Ficção : Literatura brasileira B869.3

Maria Alice Ferreira - Bibliotecária - CRB-8/7964

A **VESTÍGIO** É UMA EDITORA DO **GRUPO AUTÊNTICA**

São Paulo
Av. Paulista, 2.073 . Conjunto Nacional
Horsa I . Sala 309 . Cerqueira César .
01311-940 São Paulo . SP
Tel.: (55 11) 3034 4468

Belo Horizonte
Rua Carlos Turner, 420
Silveira . 31140-520
Belo Horizonte . MG
Tel.: (55 31) 3465 4500

www.editoravestigio.com.br

Não existem coincidências:
os fatos se entrelaçam porque
estavam determinados a acontecer.

Rebe de Lubavitch

Esta é uma obra de ficção. À exceção dos personagens reais e notórios que participaram do período histórico retratado neste livro, qualquer semelhança entre nomes e fatos reais é mera coincidência.

Janeiro de 1945, interior da Polônia

Hannelore apontava a arma para os dois prisioneiros e ordenava que caminhassem floresta adentro. Era noite sem lua, breu total. O vento, de gelar os ossos, penetrava até mesmo no casaco de pele de raposa que ela vestia. Era um *manteau* comprido, verdadeira obra de arte costurada à mão. Tinha sido feito sob medida, mas não para Hannelore, e sim para uma judia.

Os dois prisioneiros vestiam apenas o uniforme de algodão rústico listrado de azul e branco, insuportavelmente fino para aquele inverno. Na camisa havia um número costurado e um triângulo amarelo apontado para baixo. O número identificava o prisioneiro, e o triângulo, sua origem judaica.

Ela usava botas de cano alto, feitas de pelica delicada e forradas com pele de coelho, enquanto os homens calçavam apenas tamancos de madeira. As botas também tinham sido feitas sob medida, mas para outra judia. Mesmo naquela situação peculiar, Hannelore estava bem maquiada e bem alimentada, num contraste chocante com os dois homens exaustos e famintos, quase congelados. Mas ela não se importava.

Um dos prisioneiros carregava duas pás, e o outro, uma mala tão pesada que precisava ser arrastada. Dentro dela havia diamantes, joias e dentes de ouro – uma pequena fortuna. Tensa, Hannelore verificava sempre se estavam sendo seguidos. Tiros de canhão e metralhadora podiam ser ouvidos à distância.

– Parem! – gritou ela bruscamente, como se ter de falar com eles fosse algo repugnante, pior do que se dirigir a um animal.

A alemã havia escolhido aquele local alguns dias antes, quando soube que a guerra estava perdida e que o exército soviético poderia chegar a qualquer momento. Seu marido, o comandante Joseph Muller, já tinha recebido ordens de Himmler para destruir todos os documentos comprometedores e todas as provas dos massacres que aconteciam do lado de dentro das cercas de arame farpado de Wodospad Niebieski, um dos muitos campos de concentração e extermínio controlados pelos nazistas.

Hannelore queria estar preparada para o difícil período do pós-guerra, após a derrota alemã.

– Cavem embaixo dessa árvore – ordenou.

Com dificuldade, os dois prisioneiros começaram a bater as pás no chão duro, semicongelado. Depois de muito esforço, conseguiram penetrar o barro solidificado. Quando o buraco estava suficientemente fundo, ela mandou que colocassem a mala dentro e cobrissem com terra. Terminado o serviço, deu ordens para os dois caminharem de volta para o campo. Esperou que se distanciassem cerca de cem metros do esconderijo e acertou um tiro na nuca de cada prisioneiro. Os estampidos ecoaram entre as árvores, mas nada que chamasse a atenção. Naquela floresta, era mais comum se ouvirem tiros do que o canto dos pássaros.

Hannelore pegou as pás, andou por mais algumas centenas de metros e as escondeu no meio das folhagens, voltando em seguida para Wodospad Niebieski.

O lugar estava um caos. Os oficiais gritavam para os prisioneiros jogarem documentos, papéis, fotografias e memorandos nos fornos crematórios. Centenas de pessoas corriam de um lado para o outro. Os soldados já haviam explodido as câmaras de gás com granadas e esperavam apenas que os papéis fossem completamente carbonizados para explodir também os fornos crematórios. Dois médicos alemães selecionavam os prisioneiros que estavam em condições de andar, encaminhando-os para uma longa fila. Seriam usados como escravos nos campos de trabalhos forçados na Alemanha e na Áustria.

Os que estavam fracos demais eram colocados em barracões, onde seriam fuzilados. Em seguida, os lança-chamas destruiriam tudo, eliminando qualquer vestígio. Quem fosse pego pelos oficiais tentando aproveitar a confusão para fugir era morto na hora. Os cachorros, treinados para matar, também eram lançados contra eles, dilacerando seus corpos esqueléticos.

Mesmo em meio à bagunça, Hannelore não demorou a encontrar seu marido, o comandante Muller. Muito agitado, ele ordenava aos outros oficiais que colocassem todos os objetos de valor – casacos de pele, joias, castiçais de prata, dentes de ouro, obras de arte – em um caminhão que partiria para Berlim.

– Escondeu a nossa parte? – ele perguntou ao vê-la.

– Sim, enterrei no local combinado – mentiu Hannelore.

– Ótimo. Temos o suficiente para fugir da Alemanha e recomeçar a vida na América do Sul. E nossa filha?

– Deixei aos cuidados de uma freira no convento – mentiu mais uma vez, sem deixar escapar qualquer emoção na voz.

PRIMEIRA PARTE

Lilienthal

PRIMAVERA DE 1937

O professor Hans Schmidt andava por entre as carteiras escolares do pequeno ginásio de Lilienthal durante sua aula de história germânica. Parou ao lado de Hannelore Schultz: uma série de desenhos no caderno da aluna havia chamado sua atenção. Eram vários "Hs" entrelaçados, desenhados em formatos diferentes, com uma caligrafia cuidadosa. Alguns eram unidos por um coração. O professor logo entendeu que aquelas iniciais só podiam significar uma coisa: Hans e Hannelore.

A aluna agia como se não tivesse percebido a presença do professor ao seu lado. Hans tinha 30 anos e ainda era solteiro. Apenas dez centímetros mais baixo do que Hannelore, que media um metro e oitenta, era bem magro, tinha ombros estreitos e a pele tão branca que parecia anêmico, por trás dos óculos de aro de tartaruga. Os cabelos castanhos estavam bem penteados, sem um fio fora do lugar. Hans vestia um terno de lã escura já gasto, mas muito limpo, assim como os sapatos, muito bem engraxados. A bela alemã era um desastre como aluna: ia mal nas provas, não prestava atenção nas aulas e, displicente, não realizava os trabalhos de casa. Ainda assim, o professor fazia o possível para ajudá-la a passar de ano. Não sem segundas intenções.

Hannelore Schultz tinha apenas 17 anos, mas o corpo, perfeito, era o de uma mulher adulta. Pernas longas, cintura fina, seios fartos, cabelos dourados e olhos azuis como o céu de outono. Era, sem dúvida, a aluna mais bonita e sensual da escola. Mais do que isso, era a mulher mais bela da cidade. A natureza tinha sido pródiga com aquela garota. Não havia um centímetro fora do lugar, nada para ser retocado.

O professor Hans não tinha coragem de convidá-la para um encontro. Mas em casa, após as aulas, ele se entregava a sonhos românticos com a aluna.

Desde que menstruara pela primeira vez, Hannelore entendeu que provocava fascínio no sexo oposto – o professor não era exceção. Ela sabia disso e tirava proveito. Na escola, sempre conseguia uma nota melhor do que merecia.

Todos os homens queriam agradá-la.

Lilienthal era um vilarejo pequeno, com pouco mais de trinta mil habitantes e a uma hora de trem de Berlim. Hannelore morava em um pequeno sítio, como a maioria das pessoas ali.

Era a caçula de três irmãos que trabalhavam duro na enxada e eram pouco letrados. Fizeram só o primário. Seu pai também trabalhava no campo, e a mãe cuidava do resto: cozinhava, lavava a roupa, limpava a casa. Eram todos broncos e rudes.

Todos exceto Hannelore, que fugiu ao padrão da família. Queria ser alguém, sair daquela miséria. Sonhava com grandes festas importantes, vestidos de gala, maquiagens, a vida sofisticada e cosmopolita de Berlim, aonde ia duas vezes por ano. Foi lá que entrou pela primeira vez na perfumaria do Sr. Wolf, deliciando-se com o aroma dos perfumes franceses. Entendeu que era aquilo que desejava: estar cercada daquela elegância, e não da lama, do mato e dos bichos da sua cidade natal. Faria o que fosse preciso para subir na vida. Prometeu a si mesma que não teria limites.

Sua mãe tinha dois vestidos, um para trabalhar nos dias de semana e outro para ir à igreja aos domingos. A filha queria mais do que apenas dois vestidos. Sua vaidade era maior do que Lilienthal.

Para conseguir incrementar seu guarda-roupa espartano, Hannelore fazia pequenos serviços por fora. Com o dinheirinho que ganhava, comprava tecidos e costurava uma saia ou uma blusa. Quando completou 16 anos, fez um vestido que valorizava seu corpo. Era decotado além da conta para os padrões da pequena cidade e justo na cintura, o que realçava os seios. O tecido branco de algodão destacava as curvas.

Sua família não gostou da roupa, mas Hannelore era decidida: ninguém a impediria de usar o que bem entendesse.

Não havia uma pessoa em Lilienthal que não reparasse na menina, que gostava de atrair a atenção dos homens e a inveja das mulheres. Em uma cidade provinciana como aquela, onde todos se conheciam, os relacionamentos surgiam de apresentações familiares. O namoro era recatado; o noivado, rigidamente controlado, e as noivas quase sempre se casavam virgens. Ela ainda não havia experimentado o sexo, mas sua intuição dizia que ele poderia lhe trazer grandes benefícios.

O sexo, ela logo entendeu, era uma grande arma.

Em uma viagem a Berlim com a avó, para comprarem artigos que não existiam em Lilienthal, sua vida começou a mudar.

Enquanto a avó fazia compras, Hannelore foi dar uma volta.

O Café Germânia chamou sua atenção, cheio de homens e mulheres elegantíssimos. Não havia nada igual em sua cidade. Parou à porta para ver melhor o ambiente.

Contra a luz, seu vestido branco ficou transparente, revelando a silhueta de suas pernas longas e sensuais. Todos os olhares se voltaram para ela, até mesmo os femininos. Um homem de aproximadamente 40 anos não perdeu tempo e a convidou para se sentar.

A jovem até pensou em recusar e ir embora, mas, no fundo, era aquilo que ela queria. Acabou aceitando, e os dois sentaram-se à mesa.

Seu anfitrião era alto, tinha olhos azuis escuros e cavanhaque, os cabelos loiros e lisos muito bem penteados para trás com glicerina. Não tinha a aparência abrutalhada dos homens de Lilienthal, mas não era afeminado. Ela observou que as mãos e as unhas dele estavam limpas, bem aparadas. Tinha os dedos finos de quem nunca pegou em uma enxada na vida. Seu terno se ajustava perfeitamente ao corpo e, o melhor de tudo, ele exalava um perfume delicioso.

– Garçom, sirva a esta linda moça um *apfelstrudel* com creme e um chocolate quente. E mais um conhaque para mim.

– Não, obrigada – recusou a ingênua Hannelore, que pensou que teria de pagar pela bebida, sem um centavo no bolso.

O homem abriu um sorriso cheio de segundas intenções, colocando sua mão sobre a dela. Hannelore reparou que ele era casado. Havia uma grossa aliança de ouro no anelar da mão esquerda.

Não precisou pensar muito para entender o que ele queria.

– É um prazer atender uma jovem tão bonita.

Hannelore achou uma ousadia ele segurar sua mão, mas não fez nenhum movimento contrário. Sua intuição lhe dizia para deixar as coisas acontecerem.

Os homens no Café Germânia fumavam cigarros, charutos e cachimbos. Para a surpresa de Hannelore, muitas mulheres também fumavam, e todas se vestiam como ela sonhava em se vestir um dia. Joias, sapatos de salto alto, meias de seda: aquele era o mundo que a jovem desejava.

Apesar da simplicidade de seu vestido branco, Hannelore demonstrava tanta sensualidade que parecia parte daquele sofisticado ambiente. Tinha brilho e luz próprios, que dispensavam joias e outros apetrechos.

Naquele dia, ela teve certeza de seu poder de atração sobre os homens. E aqueles não eram caipiras de Lilienthal, eram senhores de Berlim.

– É a primeira vez que vem aqui? – perguntou seu anfitrião, que agora deslizava a mão sobre a dela.

– Sim.

– Se você quiser, podemos pegar meu carro e dar uma volta por Berlim.

"Ele tem um carro! Com certeza é muito rico!", ela pensou. Podia contar nos dedos de uma mão as vezes em que tinha entrado em um automóvel.

– Daqui a pouco tenho que encontrar minha avó – disse Hannelore.

O cavalheiro então percebeu que nem tinha se apresentado.

– Me desculpe, fiquei tão maravilhado com sua beleza que esqueci de me apresentar. Meu nome é Rudolf von Huss.

– Hannelore Schultz – ela respondeu.

– Antes de se encontrar com sua avó, gostaria de visitar algumas lojas? – ele ofereceu, conquistador.

Sua vontade era dizer que sim, mas ela sabia que isso era impossível. Não poderia chegar em casa com as compras. Frustrada, foi obrigada a recusar o melhor convite que já recebera na vida.

Ainda assim, aquela pergunta mudaria sua vida para sempre.

Hannelore começou a jogar. Comia o doce, passava a língua sensualmente nos lábios e observava a reação de Rudolf. Ele não conseguia tirar os olhos de sua boca.

Quando terminou de comer, a garota se levantou. Precisava ir embora, encontrar a avó.

– Me deixe seu telefone – ele pediu.

"Telefone? Ele acha que eu tenho telefone?", ela pensou, surpresa.

– Não.

– Como eu faço para vê-la de novo?

Rudolf não estava pedindo, estava implorando por um novo encontro.

– Quem sabe da próxima vez que eu vier a Berlim – ela respondeu com descaso.

– Fique com o meu contato – insistiu Rudolf, entregando-lhe um cartão de visitas.

Era o primeiro cartão de visitas que ela via.

– Promete me ligar?

Sem responder, ela deixou o café. Estava feliz da vida.

No trem de volta para Lilienthal, Hannelore não parava de relembrar o encontro no café. Os vestidos maravilhosos, as joias, a infinidade de brilhos e cores. O jeito sensual como as mulheres sopravam a fumaça dos cigarros. As pessoas conversavam, se abraçavam e riam, tudo tão diferente de sua pequena cidade! Parecia outro planeta. E era nesse planeta que ela queria viver, não naquele cheio de terra e lama, de gente bruta e ignorante.

Pegou o cartão de visitas. *Dr. Rudolf von Huss, advogado.* Seu escritório ficava na Kurfürstendammm Strasse, a principal e mais sofisticada avenida de Berlim. Ele não era um caipirão de Lilienthal, um bronco, um ninguém. Era um advogado rico. "E mesmo assim foi seduzido por mim", pensou, confiante.

Quando o trem parou na estação de Lilienthal e Hannelore desceu, sentiu um nó na garganta. As pessoas malvestidas e sujas, as ruas de terra cheias de excrementos, as charretes velhas caindo aos pedaços – tudo era o oposto de Berlim, da sofisticação e do luxo.

"Não ficarei aqui, custe o que custar. Não vou passar minha vida neste fim de mundo", prometeu a si mesma mais uma vez.

Outono de 1937, 1º degrau

Seis meses depois daquela promessa, Hannelore saía da igreja de braços dados com o professor Hans. Ela havia acabado de completar 18 anos. Terminou a escola e se casou, como a maioria das mulheres da cidade. Entre as alternativas de Lilienthal, Hans Schmidt certamente era a menos pior. Embora o filho do prefeito tivesse mais dinheiro, era tão bronco quanto seus irmãos e jamais a tiraria da cidade, onde seu pai tinha prestígio e propriedades. O professor Hans, por outro lado, podia não ser rico, mas tinha cultura e, quem sabe, ambição para se mudar daquele lugar perdido no mapa. Hannelore acreditava que, com um pouco de esforço da parte dela, ele concordaria em ir embora para Berlim. Seria preciso planejamento e paciência.

Da igreja, seguiram de carroça para a pequena casa do professor. Na sala apertada, que também funcionava como cozinha e dormitório, o fogão aquecia todo o ambiente. No fundo do terreno, via-se uma estrutura de madeira, quatro paredes com um buraco no chão: era o que se poderia chamar de banheiro.

Hans Schmidt era órfão e vivia em Lilienthal por causa de um tio. Nascido em Potsdam, uma cidade bem maior, era filho de um militar que chegou a sargento do exército. Ele, no entanto, jamais pensou em seguir os passos do pai. Não levantava a voz, não entrava em brigas e nem tinha o tipo físico para ser soldado. Gostava de ler, de estudar, e depois descobriu que gostava de ensinar. Queria ser professor.

Seu pai foi morto durante a Primeira Guerra Mundial, quando lutou na fronteira com a França. À época, Hans tinha apenas 10 anos. Após a guerra, com a crise que se abateu na Alemanha, sua mãe achou melhor se mudarem de Postdam para Lilienthal, onde vivia sua família. Comida não faltaria, já que eram todos camponeses.

Em Lilienthal, Hans seguiu a carreira de professor.

Durante os piores anos de recessão da Alemanha, quando o país passou por imensas dificuldades, a Sra. Schmidt contraiu tuberculose e morreu. Hans estava órfão de pai e mãe.

Foi uma surpresa muito grande, e uma felicidade imensa para a família Schmidt, quando Hannelore Schultz, a moça mais bonita da cidade, aceitou se casar com o professor Hans, que já tinha 30 anos. Nessa idade, todos os habitantes de Lilienthal já estavam casados e com filhos. O que ninguém sabia eram os verdadeiros motivos da linda moça.

O cocheiro deixou os noivos na porta de casa. Quando entraram, a alemã tomou a iniciativa e puxou Hans para o quarto, arrancando as roupas pelo caminho. A inexperiência foi compensada pelos hormônios da juventude. Caíram na cama, nus, e fizeram sexo durante horas.

Nas noites seguintes, quando Hans chegava da escola, os dois iam direto para a cama, momento que Hannelore aproveitava para descobrir novas alternativas que o sexo poderia oferecer. O professor não sabia se o que faziam era certo ou errado, mas não tinha coragem de perguntar a ninguém. Apenas cedia às vontades da esposa.

Experimentaram todas as possibilidades. Hannelore queria se tornar uma especialista em sexo, descobrir todas as formas de levar um homem à loucura: era parte do plano. E tinha um talento natural para isso.

Hans, por outro lado, acreditava estar satisfazendo a esposa com sua virilidade. Mal sabia que, para a jovem, ele era apenas um campo de provas, um laboratório de pesquisas.

"Como é fácil enganar um homem", ela pensava enquanto enlouquecia o marido.

As leis raciais

Certo dia, Hannelore ouviu dizer que os professores judeus não poderiam mais dar aulas.

– O que são as leis de Nuremberg? – perguntou ao marido.

Hans explicou que eram leis que defendiam a pureza da raça ariana contra a suposta impureza da raça judaica.

Leis e mais leis eram promulgadas, uma após a outra. Os judeus perderam a cidadania alemã, foram proibidos de se relacionar com não judeus, não podiam andar nas calçadas, tiveram suas aposentadorias suspensas e não podiam ter conta em banco. Advogados e médicos judeus também não podiam mais trabalhar para arianos. E as restrições não terminavam por aí.

– Os judeus não podem mais lecionar nas escolas arianas?

– Não – respondeu Hans.

Lá estava a oportunidade que Hannelore tanto procurava para subir mais um degrau.

"Se os professores judeus não puderem lecionar, mais vagas estarão disponíveis para os professores arianos", pensou a jovem.

Hans e Hannelore tinham uma grande tina de madeira que usavam para lavar roupa e se banhar. O banho dava mais trabalho do que cozinhar: era preciso catar lenha, acender um bom fogo, carregar baldes de água do poço, esquentar e encher a tina. Quando, finalmente, estava tudo pronto, ela adorava ficar na água quente, relaxando o corpo e sentindo a pele ficar macia.

Hannelore sonhava com banheiras de mármore e torneiras de onde jorrava água quente com um simples movimento das mãos. Ela sabia que isso existia nas mansões das famílias ricas e sempre se imaginava em uma dessas. Também sabia que um dia teria uma banheira de verdade, não uma tina de madeira que precisava dividir com as roupas sujas.

Quando fechava os olhos, Hannelore via armários repletos de vestidos, joias valiosas e perfumes exóticos.

Não era com os príncipes que ela sonhava, e sim com os castelos.

Saiu da tina e colocou seu melhor vestido. Arrumou os cabelos, passou o batom vermelho-carmim e finalizou com um toque de perfume.

Naquela tarde, o banho tinha um motivo muito especial.

Precisava convencer Hans a não perder a grande oportunidade de sua vida.

Quando ele chegou em casa, entendeu na mesma hora que Hannelore ia lhe pedir algo. Já conhecia os truques da esposa, só não imaginava o tamanho do pedido.

Hannelore pegou uma bebida e sentou-se no colo do marido. Beijou-o sofregamente e sentiu que ele ficava excitado. Ela sabia que momentos como aquele eram os melhores para pedir alguma coisa. "Quando um homem tem desejos, age por impulso, sem usar a cabeça", dizia a si mesma.

– Hans, acho que está na hora de você arrumar um emprego em Berlim.

Hans gelou com a sugestão. Berlim era uma cidade grande, com mais de quatro milhões de habitantes. Mudar para a capital era assustador. E ele adorava sua vida em Lilienthal: ia a pé para o trabalho, os parentes moravam próximo, conhecia todo mundo, do padre ao prefeito. Em Berlim, seria apenas mais um professor desconectado de tudo e de todos. Não, ele não queria ir para Berlim.

– Berlim?

– Sim, Berlim! O centro do mundo, a cidade que tem tudo. Moda, restaurantes, bares, lojas, espetáculos... Berlim, Hans! Lá poderemos ter uma casa decente – falou Hannelore com entusiasmo.

– O que eu faria em Berlim? – balbuciou o professor, assustado como um passarinho.

– Não é você que lê os jornais todos os dias? Que acompanha as notícias, que se interessa pelo nazismo, pela política? De que serve ler tanto se não aprende nada? – ralhou com o marido.

– Mas o que tem em Berlim? – perguntou o professor, ainda sem entender a linha de raciocínio da esposa.

– Abra os olhos, Hans! Veja as oportunidades que estão surgindo. Se os professores judeus perderam seus empregos, as escolas precisam de professores arianos. É a nossa chance de sair desse fim de mundo!

Agora ele entedia.

– Por favor, meu amor, vamos nos mudar para lá – ela pediu fazendo charminho, e deixando o marido ainda mais excitado.

Hannelore não tinha dúvidas de que ali havia uma grande oportunidade a ser aproveitada. Precisava admitir que as leis raciais nazistas tinham definido seu destino.

– Vou falar com o diretor da escola e depois voltamos a esse assunto, está bem? – prometeu Hans, tentando ao máximo empurrar aquela proposta assustadora para o futuro.

– Meu amor, imagine nós dois em Berlim – ela sussurrou no ouvido dele. – Pense em todas as coisas gostosas que poderemos fazer na capital.

– Não estou dizendo que sim nem que não, só quero pensar melhor. Pode ser, meu amor?

– Você não ama sua esposa? – perguntou enquanto o beijava.

– Mas você acha que alguma escola de Berlim vai me dar emprego? Ela perdeu a paciência.

– Não tem *mas*, Hans! Essa é nossa única chance de sair da merda! Sair dessa cidade que cheira a bosta de vaca! Você não odeia os judeus? Não concorda quando Hitler diz que são todos uns inúteis? Então vá até Berlim e faça como outros milhões de alemães estão fazendo! Aproveite que eles perderam os empregos e pegue um para você. Não seja idiota. Eles trabalhavam nas melhores escolas e viviam no luxo de Berlim enquanto nós, alemães, temos de viver nessa merda de Lilienthal!

Hans ficou pálido. Nunca tinha visto sua mulher com tanto ódio.

Nesse dia ele percebeu que, se fosse preciso, Hannelore seria capaz de matar para atingir seus objetivos.

Hans Schmidt sempre soube que viver em Berlim era o sonho da esposa, mas achava que isso jamais se realizaria. A possibilidade de ser chamado ou transferido para a capital era nula, zero. Assim, por mais que a esposa pedisse, ele sempre tinha como escapar. Não havia emprego para ele, ponto final.

Mas a situação havia mudado, e o que Hannelore dizia era verdade: os judeus tinham sido expulsos das escolas. Agora, havia milhares de vagas a serem preenchidas por professores arianos como ele.

Ao se dar conta disso, Hans odiou mais ainda os judeus. A culpa de ter que se mudar para Berlim também era deles.

Hannelore ficou de pé, apontou o dedo para o professor e ameaçou, com raiva:

– Preste atenção: você tem um mês para arrumar esse emprego. Um mês!

Então, trancou-se no quarto.

A proposta

Todos os dias, ao chegar à escola, Hans ensaiava pedir transferência para Berlim, mas recuava no último minuto.

Quando venceu o ultimato, ela esperou que o professor fosse para o trabalho, vestiu sua melhor roupa e passou o batom carmim. Ao olhar-se no espelho, sentiu-se mais linda e sensual do que nunca.

E era verdade. Aos 18 anos, seu corpo havia adquirido mais curvas, estava mais feminino. Ela pegou um cartão de visitas que guardava com muito cuidado e abriu um sorriso.

Aquele pedaço de papel seria seu passaporte para Berlim. Olhou para o relógio da igreja, que era visível da janela, e se deu conta de que era hora de partir.

Quando chegou à estação, ainda faltavam cinco minutos para o trem sair. Comprou a passagem. Era a primeira vez que embarcava sozinha.

Na plataforma, encontrou o açougueiro e o pastor protestante.

Sentaram-se os três no mesmo vagão.

Ela observou que os dois homens tentavam disfarçar os olhares que lançavam ao seu decote e às suas pernas, e aquilo a divertia.

"São tão previsíveis!", pensou.

O açougueiro e o pastor conversavam sobre as mudanças na Alemanha. Estavam contentes com o *Anschluss* – a anexação da Áustria –, com as ameaças de anexação dos Sudetos e com a perseguição aos judeus.

– Já passou da hora desses vermes pagarem pelos seus crimes – disse o açougueiro com raiva.

– Ouvi dizer que ainda virão novas leis – completou o pastor, animado.

Ela olhava a paisagem, que passava rapidamente pela janela. Não tinha o menor interesse em conversar com os dois, muito menos sobre aqueles assuntos. Hannelore pensava apenas na conversa que teria com o advogado, Dr. Rudolf von Huss.

"Será que ele se lembra de mim? Eu deveria ter ligado para ele pelo menos uma vez. Se ele não se lembrar, perderei a viagem e minha grande oportunidade. Não, ele não se esqueceu. Homem nenhum consegue esquecer uma mulher bonita."

Seus pensamentos estavam distantes daquele vagão e da conversa dos dois homens que a olhavam com desejo. Hitler, judeus, arianos, raça, guerra, Alemanha, Áustria, Chamberlain, nada disso lhe interessava. O que importava era viver em Berlim.

Uma hora depois, o trem chegou à estação central. As rodas de aço rangeram nos trilhos e o apito do bilheteiro soou, avisando:

– Última estação, Berlim!

Ela desceu os degraus do vagão e se maravilhou com a diferença entre a capital alemã e Lilienthal. Centenas de pessoas andavam de um lado para o outro. Mulheres bem vestidas, homens elegantes, todos a passos largos, com pressa, muito diferente do ritmo arrastado de sua cidade, onde todos pareciam viver em câmera lenta, parando a cada passo para se cumprimentar e jogar conversa fora. Em Berlim, ninguém se conhecia.

Hannelore sentiu o cheiro de fumaça de óleo diesel misturado ao de tabaco. Chamou sua atenção a quantidade de soldados e as imensas bandeiras vermelhas com a cruz suástica que desciam pelo teto da estação. Da última vez que estivera em Berlim, não havia todo aquele excesso, aquela ostentação militar.

O açougueiro e o pastor desceram logo atrás dela e perguntaram se poderiam ajudá-la, quem sabe acompanhá-la a algum lugar. Ela agradeceu, mas recusou. Assim que os dois se encaminharam para a saída, Hannelore correu até um telefone público.

Fechou a porta da cabine, colocou uma moeda e discou para o número impresso no cartão. Estava nervosa, mas se controlou.

– Escritório do *Herr Doktor* Von Huss, bom dia – disse uma voz fria e profissional.

– Por favor, eu gostaria de falar com *Herr Doktor*.

– Quem está falando?

Não tinha previsto que uma secretária atenderia o telefone. De nada adiantaria falar seu nome. Ele poderia até se lembrar dela, caso a visse, mas jamais recordaria seu nome. Pensou rapidamente em uma resposta que o deixaria curioso.

– Diga a ele que é uma agradável surpresa. – Aguardou um pouco e, como a secretária não reagiu, completou com a voz confiante: – Não vou estragá-la dizendo meu nome.

– Sinto muito, senhora, mas preciso saber quem é para passar a ligação.

– Qual é o *seu* nome? – perguntou Hannelore com autoridade.

– *Frau* Konig.

– *Frau* Konig, tenho certeza de que Rudolf – ela usou da intimidade para desarmar a secretária – ficará muito feliz em ouvir minha voz, portanto, sugiro que passe a ligação para ele agora mesmo – informou quase como uma ordem.

– Desculpe, mas se a senhora não... – a secretária não conseguiu terminar a frase.

– Imediatamente! – interrompeu Hannelore.

A funcionária entendeu o recado. Conhecia a fama de mulherengo do chefe: se aquela jovem insistia em falar com *Herr Doktor*, era melhor não discutir.

Hannelore ouviu o telefone ser colocado na mesa, os passos da secretária se afastando, uma porta se abrindo e a voz distante da Sra. Konig falando com alguém que ela presumiu ser Rudolf. Não conseguiu entender o que diziam, mas tinha certeza do que se tratava. Depois de um tempo, ouviu a secretária se aproximando:

– Um minuto, vou transferir a ligação.

Ouviu um chiado no telefone e, em seguida, a voz do Dr. Von Huss:

– Doutor Huss falando – atendeu ele, em tom bastante formal.

Hannelore esperou alguns segundos antes de responder com voz suave e delicada.

– O senhor provavelmente não se lembra do meu nome, mas tenho certeza de que se lembra de uma jovem de vestido branco que conheceu no Café Germânia há menos de um ano – falou de maneira sensual.

Ambos ficaram em silêncio por um breve momento. Hannelore sabia que não devia dizer mais nada – aquilo era o suficiente. A imagem da silhueta da jovem contra a luz, na porta do café, veio imediatamente à memória do advogado. Recostando-se em sua poltrona, ele olhou com um leve sorriso pela janela em direção à Kurfürstendamm Strasse, que ficava dois andares abaixo, e sentiu um arrepio percorrer seu corpo.

– Claro que eu me lembro. Sua beleza é inesquecível, *Fraülein* – o advogado não completou a frase, pois não recordava o nome.

– *Frau.* Agora sou *Frau* Schmidt, Dr. Von Huss.

– Está casada!

– Sim. Surpreso?

– Um pouco, você é muito jovem para se casar. E por favor, me chame de Rudolf.

O advogado acendeu um cigarro e tragou com força, tentando imaginar para onde iria aquela conversa. Com certeza o assunto não era profissional.

– Me casei no ano passado. Não há muito o que fazer em uma cidade pequena para se distrair ou passar o tempo – insinuou Hannelore.

– Entendo perfeitamente – ele concordou.

– Passei em frente ao Café Germânia e resolvi ligar – mentiu de dentro da cabine telefônica da estação de trem.

– Que tal nos encontrarmos no café em quinze minutos?

Ela estava ansiosa para resolver aquele assunto, mas sabia que Rudolf estava ainda mais. E quanto mais excitado ele ficasse, melhor para ela.

De repente, um homem bateu na porta da cabine telefônica, queria usar o telefone. Ela o ignorou, virando-se de costas, mas apressou a conversa:

– Dr. Von Huss, eu liguei apenas para dar um bom-dia – mentiu. – Venho a Berlim todo mês – mentiu de novo –, e desta vez me lembrei de trazer seu cartão. Foi bom saber que se lembra de mim, mas agora preciso ir – terminou Hannelore, ameaçando desligar o telefone.

– Não, não desligue – pediu Rudolf. – E, por favor, não me chame de doutor. Me encontre no Café Germânia, nem que seja só por uns minutos. Quero muito vê-la novamente!

Hannelore sorriu, sentindo um arrepio de prazer. Encantar os caipiras de Lilienthal era fácil – não existia nenhuma mulher como ela na cidade. Mas Rudolf von Huss era um advogado importante, rico, que morava na capital da Alemanha, onde não faltavam mulheres bonitas. Ainda assim, ele estava quase implorando para encontrá-la. Era uma sensação de poder ao mesmo tempo maravilhosa e excitante.

– Não sei, Dr. Von Huss. Agora sou uma mulher casada – respondeu, fingindo recato.

– Me chame de Rudolf, por favor!

– Acho que não terei tempo para encontrá-lo, Rudolf. Tenho algumas compras para fazer e meu marido vai me encontrar na estação para pegarmos o trem das 15 horas – mentiu novamente.

Atrás dela, o homem bateu mais uma vez na porta da cabine. Queria usar o telefone. Hannelore não se abalou.

– Hannelore, eu cancelo todos os compromissos do dia para poder ficar alguns minutos com você. É só me dizer a hora e o local.

Ela olhou para o relógio da estação. Passava um pouco do meio-dia.

– Está bem, já que você insiste tanto. Nos encontramos às 14 horas no café Germânia – finalizou, batendo o telefone no gancho antes que Rudolf pudesse dizer alguma coisa.

O advogado chamou a secretária e mandou que ela cancelasse seu almoço de negócios.

– Mas *Herr Doktor* Von Huss, o almoço é com o presidente do banco, ele...

Rudolf nem deixou que ela terminasse a frase.

– Não quero saber. Diga que surgiu uma emergência, invente alguma desculpa.

A secretária nunca tinha visto o patrão assim.

– E cancele também todos os compromissos após o almoço.

Hannelore saiu da cabine telefônica sem olhar para o homem que esbravejava à porta. Estava feliz demais para perder tempo com aquilo. Finalmente havia chegado em Berlim, e o poderoso advogado suplicava para encontrá-la.

Era a chance de dar uma grande guinada em sua vida.

Ao chegar à rua do comércio, porém, espantou-se com o que viu. Frases como "Não compre em lojas de judeus", "Boicote esta loja" e

"Fora judeus" estampavam diversas vitrines. Algumas lojas estavam vandalizadas, outras com as portas fechadas.

Se em Lilienthal os comentários antissemitas não passavam de palavras inofensivas, em Berlim se tornavam uma ameaça. Ouvir que os judeus eram inimigos da pátria era uma coisa, ver aquele ódio escancarado nas ruas era bem diferente. Ficou incomodada, mas deu de ombros. "Não é problema meu."

Naquele momento, só duas coisas lhe interessavam: os perfumes do Sr. Wolf e o encontro com o advogado.

Ao chegar à perfumaria, mais uma surpresa: a loja tinha sido arianizada. Não pertencia mais ao Sr. Wolf, e sim a um funcionário alemão.

Hannelore examinou alguns perfumes e provou outros antes de se decidir. Na hora de pagar, apontou para um cartaz colado ao lado da caixa registradora, no qual se lia "Não vendemos para judeus".

– O que aconteceu com o Sr. Wolf?

– Felizmente não sou mais explorado por ele nem por judeu nenhum. Agora a loja é minha – respondeu o funcionário, orgulhoso.

– Você comprou a loja?

Ele riu da pergunta.

– O velho judeu foi colocado para fora. Já estava gordo e rico, não precisava mais trabalhar. Está em casa com a mulher e os filhos, aproveitando o dinheiro que ganhou às minhas custas. – Havia muito rancor naquelas palavras.

Hannelore pagou, agradeceu e saiu. Nada daquilo era problema dela.

A oitenta quilômetros dali, o professor Schmidt almoçava em casa, estranhando a ausência da esposa. Sentiu um frio na barriga.

Você tem um mês para conseguir um emprego em Berlim, lembrou-se das palavras de Hannelore. O prazo tinha se esgotado, e ele sabia que ela era geniosa e decidida.

Abriu o pequeno armário e gelou ao ver que seu melhor vestido não estava pendurado ali. Caiu sentado na cama, completamente sem forças.

Imaginou o pior: ela tinha ido embora. Ele não havia acreditado no ultimato. Sentindo um forte enjoo, correu para fora e vomitou no pátio. Suava frio, estava arrasado, não podia imaginar a vida sem ela.

Hannelore era só felicidade. As calçadas de Berlim se transformavam em passarelas para ela desfilar. Balançava os quadris sensualmente e percebia que os homens a observavam. Sentia-se poderosa, e essa sensação aumentava sua autoestima, deixando-a ainda mais bela. Como era bom sentir o poder da sensualidade e da beleza!

A caminho do café, passou por alguns judeus que, banidos das calçadas, eram obrigados a andar na rua. Achou aquilo muito estranho. Os alemães, por outro lado, pareciam nem enxergar aquelas pessoas. Eram fantasmas, seres que não existiam.

O relógio já marcava 14 horas. Calculou que levaria mais quinze minutos para chegar ao Café Germânia, onde o advogado com certeza já estaria esperando ansioso por ela. "Pois que fique ansioso", pensou. "Quanto mais, melhor." E caminhou lentamente em direção ao café, aproveitando cada cenário daquela cidade cosmopolita.

O Dr. Von Huss estava sentado em sua mesa favorita, sendo servido pelo seu garçom predileto. Acendeu um Partagas cubano, comprado em sua última viagem a Zurique, e seguiu esperando impacientemente pela bela mulher.

Olhava o relógio a cada minuto, como se o gesto pudesse apressar o tempo ou fazer com que Hannelore surgisse à sua frente. Passados quinze minutos da hora marcada, começou a achar que ela não chegaria.

Seria possível? No telefone, ela parecera bastante reticente. "Quem sabe desistiu. Não, o marido atrapalhou tudo! Isso, ele não deve ter saído do lado dela, e se ela está casada e quer me encontrar sozinha, as intenções são as mais saborosas. E se ela não aparecer? Não tenho seu telefone!", divagava Huss, mais ansioso do que nunca.

A preocupação misturada à excitação deixava o advogado sem rumo.

Vinte minutos depois do horário marcado, Huss largou o charuto no cinzeiro. Estava decepcionado, pronto para ir embora, quando a porta do café se abriu, e uma visão atraiu todos os olhares.

Contra a luz, só viu uma silhueta, mas tinha certeza de que era ela.

Um halo dourado parecia brilhar em volta da cabeça de Hannelore. O tecido fino do seu vestido revelava as formas do seu corpo. "E que corpo!", ele pensou. As pernas que Huss sonhava agarrar eram longas e podiam ser perfeitamente vistas contra a luz. Imaginava suas mãos subindo por baixo do vestido, passando pelos joelhos e chegando às coxas. Só conseguiu ver o rosto da jovem quando ela se aproximou, a luz iluminando seu sorriso sensual.

Ele se derreteu ao notar os lábios carnudos, vermelhos, e os olhos azuis que cintilavam. Ela estava mais linda do que antes. Mais mulher do que no primeiro encontro. Menos de um ano se passara, e ela havia desabrochado. De moça, virou mulher. Para a inveja dos outros homens no salão, ela se aproximou e esticou a mão para que ele beijasse. Ele encostou os lábios e sentiu o perfume de Hannelore. Sua vontade era de não largá-la nunca mais. A sensualidade dela estava muito acima de qualquer coisa que ele já vira, mesmo sendo um homem experiente.

A Berlim daqueles tempos era bastante liberal. As mulheres também saíam em busca de prazer, e para um homem como ele, bem-sucedido, com poder, prestígio e dinheiro, as conquistas eram fáceis. Já tinha conhecido mulheres na França, Holanda, Inglaterra, mas jamais encontrara uma mulher com a energia sexual de Hannelore.

Ele sabia que, quando isso acontecia, não conseguia se controlar. A razão simplesmente desaparecia, e ele faria qualquer coisa para conquistá-la.

Puxou uma cadeira para ela.

Hannelore estava no controle.

Rudolf fez sinal para o garçom, que imediatamente se aproximou do casal.

– Champanhe! – pediu o advogado.

Ela controlou sua reação. Seria a primeira vez na vida que beberia champanhe, e achou a ideia maravilhosa.

Com a desculpa de que o marido a esperava na estação para pegarem o trem das 15 horas, ainda tinha meia hora para levar seu plano adiante e se divertir um pouco.

O advogado puxou a cadeira para ficar mais perto dela.

Fizeram um brinde ao reencontro. Ela adorou a champanhe, tão saborosa e refrescante quanto imaginava. Obviamente, não revelou que era a primeira vez que experimentava a bebida. Não queria passar a imagem de uma caipira que não conhecia os prazeres da vida.

A conversa girou em torno de assuntos corriqueiros: o casamento, a cerimônia, a festa – sobre a qual ela mentiu, exagerando tudo. Ele queria saber por que ela nunca havia ligado, já que ia constantemente a Berlim. Mostrando-se atencioso, perguntou se a champanhe estava na temperatura ideal e discretamente apoiou a mão na perna dela por debaixo da mesa. Tudo corria como ela imaginava.

Hannelore fingiu estar contrariada, mas não fez nenhum movimento para tirar a mão dele.

— Sou uma mulher casada — disse, referindo-se à investida de Rudolf.

— Parabéns — ele respondeu sorrindo.

— E, pela sua aliança, posso ver que você também é.

— Empatamos! — brincou mais uma vez.

Ele sentia o prazer percorrendo seu corpo. Quando começou a subir a mão, ela o impediu de continuar.

"Preciso dar tempo ao tempo", ele pensou.

O garçom completou novamente as taças.

— Não posso demorar muito, meu marido já deve estar me esperando na estação.

— É uma pena que você não possa ficar mais tempo em Berlim. Eu poderia levá-la a lugares maravilhosos.

Hannelore bebeu mais uma taça em silêncio.

— Quando você volta?

— Não sei, é muito complicado vir para cá. Meu marido não tem muito tempo livre — ela mentiu.

— Venha sozinha, você não é mais uma criança. Posso te buscar na estação e te mostrar a cidade — ofereceu ele, apalpando sua coxa.

"Isso está ficando cada vez melhor", ela pensou.

— Rudolf, se fosse fácil, eu viria com certeza. Adoraria encontrá-lo novamente — falou, dando esperanças ao advogado —, mas a vida de um professor em uma cidade pequena é cheia de compromissos. Além das aulas, ele tem que cuidar da escola, está envolvido com a prefeitura, com serviços comunitários — ela seguia inventando.

— Tive uma ideia — falou Rudolf, subitamente.

Hannelore poderia apostar que sabia qual era.

— As escolas de Berlim estão em busca de professores arianos. Posso conseguir um emprego para o professor Schmidt, então vocês poderão se mudar para Berlim. O que acha?

Ele havia mordido a isca.

– Não sei. Adoramos nossa cidade, minha família vive lá, temos a vida organizada, nossa casa montada – mentiu novamente.

Mas Rudolf não desistia. Ele tinha que trazê-la para Berlim. Aquela mulher seria sua, não importava o quanto custasse.

Pegou as mãos dela e a olhou diretamente nos olhos:

– Minha querida – começou, surpreendendo-se ao ouvir as próprias palavras –, eu posso conseguir um bom emprego para o seu marido. Conheço pessoas influentes, as escolas estão atrás de bons professores para substituir os judeus. Deixe-me ajudar.

A imagem dela em seus braços o levaria a prometer qualquer coisa. Ela sabia disso.

Apertou as mãos dele e retribuiu o olhar.

– Rudolf, parece uma boa ideia, mas não é tão simples. Temos uma boa casa em Lilienthal, mas o salário de um professor não nos permite montar mais uma residência em Berlim.

Rudolf entendeu que a questão agora era financeira. E isso não era problema para ele.

– Não se preocupe com isso.

Aproximou-se dela para contar um segredo, os rostos quase colados. Ele adorou o perfume que ela usava.

– Os advogados judeus também estão proibidos de trabalhar, o que significa que minha clientela aumentou muito, e estou ganhando cada vez mais. Além disso, conheço alguns judeus que fariam de tudo para vender suas casas por qualquer preço antes de fugir da Alemanha. Posso comprar um desses imóveis e emprestá-lo a vocês.

– E o que direi ao meu marido? – ela perguntou, fingindo surpresa.

– Você dirá que faz parte da oferta da escola. Conversarei com o diretor, garanto que seu marido não vai desconfiar de nada.

"Era exatamente isso que eu tinha planejado", ela pensou. "O Dr. Rudolf von Huss, importante advogado, se derretendo por um par de pernas!"

– Não sei. Preciso pensar se quero viver em uma cidade grande e se posso aceitar sua oferta. É bem generosa, mas jamais pensei em morar em Berlim – insistiu no plano, enquanto por dentro tinha vontade de gritar que sim.

Huss suplicava para que ela aceitasse. Já imaginava aquela alemãzinha nua em uma suíte do Hotel Kempimski, ele beijando cada pedaço do seu corpo.

– Por favor, Hannelore, aceite minha oferta. Eu garanto um bom emprego para o seu marido e um apartamento confortável para vocês.

Ela olhou para o relógio no pulso dele.

– São quase três horas! Preciso ir, não posso perder o trem. Hans está me esperando na estação.

– Eu imploro, minha querida, aceite minha proposta. Consigo tudo o que você precisar em Berlim. – Ele segurou a mão dela e jogou sua última cartada: – Ganho dinheiro como nunca. Não vai te faltar nada!

Hannelore recolheu a mão com rapidez, fazendo-se de ofendida.

– Se você pensa que sou esse tipo de mulher, esqueça!

Rudolf ficou ruborizado e assustado. Segurou os braços dela, pouco se importando com a cena que fazia dentro do Café Germânia.

– Desculpe, não quis te ofender. Mil perdões!

– Vou pensar – disse Hannelore, e caminhou decidida para fora do café.

– O que eu faço? – perguntou ele.

– Por enquanto, nada. Vou discutir o assunto com meu marido e entro em contato com você. Adeus.

Von Huss

A família Von Huss sempre vivera em um casarão próximo ao Tiergarten, a região mais nobre de Berlim. E foi em um de seus inúmeros aposentos que Rudolf nasceu, em 1900. Seu batizado foi tão concorrido que até mesmo o Kaiser Wilhelm II esteve presente.

A família gozava de muito prestígio durante o Império, que terminou em 1918, após a rendição alemã na Primeira Guerra Mundial e a deposição da monarquia. Mesmo com a inflação descontrolada que se abateu na Alemanha pós-guerra, a família conseguiu se manter na classe nobre, fosse utilizando recursos escusos fosse associando-se a pessoas não muito honestas. Rudolf aprendera com o pai a ser um hábil negociador, a navegar conforme o vento. Em vez de remar contra, sempre encontrava um jeito de navegar a favor.

Seguindo os passos de seus antepassados, o jovem Von Huss cursou a Universidade de Direito de Berlim. Certo dia, em 1923, um de seus melhores colegas de faculdade anunciou que se casaria no final do ano. A turma decidiu então que, em meados de novembro, faria uma despedida de solteiro nas famosas cervejarias de Munique.

Os amigos alugaram uma casa e passaram os dias completamente embriagados, envolvendo-se com prostitutas. Dinheiro não faltava: eram todos de famílias abastadas. As mulheres entravam e saíam dos seus quartos como formigas atrás de açúcar.

Certa manhã, Rudolf foi até uma farmácia em busca de algo para curar a ressaca. No caminho, aproveitou para comprar o jornal do dia.

Foi então que ele soube que o jovem idealista Adolf Hitler estava em Munique e faria um discurso na Cervejaria Bürgerbräukeller. Como o lugar não ficava muito longe da casa onde estava hospedado, um de seus amigos aceitou acompanhá-lo ao evento. Teriam, ao mesmo tempo, a oportunidade de conhecer uma das mais famosas cervejarias da cidade e o tão comentado agitador.

– Um dia sem sexo não vai nos matar, não é? – Rudolf brincou com o amigo.

Era 23 de novembro de 1923. Ao chegarem a Bürgerbräukeller, viram logo que estavam no lugar certo, na hora certa.

Centenas de pessoas ocupavam as ruas. Uma atmosfera de violência dominava o ambiente: piquetes de comunistas tentavam impedir o acesso de simpatizantes nazistas à cervejaria, e brigas eclodiam em todos os lugares. Tropas de choque de ambos os lados entravam em conflito. Os embates eram violentos, envolviam barras de ferro, soco inglês, garrafas quebradas. O ódio manifestado por ambos os lados era extremo.

Rudolf e seu amigo gostavam dessas agitações, e decidiram encarar o desafio. É claro que também odiavam os esquerdistas. Esquivando-se dos focos de briga, conseguiram entrar na cervejaria. Queriam ver aonde aquilo ia chegar.

O local estava lotado, não havia espaço para se mover. Quando os discursos começaram, Rudolf ficou bem impressionado. Tudo o que escutava ia ao encontro do que pensava.

A Alemanha tinha sido humilhada durante a assinatura do armistício. A inflação galopante era culpa dos judeus, os comunistas estavam destruindo o país, os homossexuais eram a desgraça da pátria, e o povo alemão ainda sofria por conta do complô bolchevique-judaico.

Rudolf ficava cada vez mais animado com o que ouvia. Todos vibravam e aplaudiam os oradores.

Mas, de repente, a cervejaria silenciou.

Era possível ouvir as gotas de chope caindo das torneiras. Rudolf seguiu os olhares, todos voltados para um homem não muito alto, trajando um uniforme marrom, postura marcial, a franja caindo na testa e um bigode exótico. Ele se aproximou do microfone em total silêncio.

O jovem Von Huss sentiu que uma força magnética o puxava na direção daquele orador. Ele tinha luz própria, um carisma jamais visto antes.

Todos os olhares convergiam para Adolf Hitler.

Os aplausos recomeçaram ainda mais fortes. Rudolf seguiu a massa e bateu palmas com vigor. O barulho permaneceu intenso por vários minutos, até que a figura levantou a mão e, tal qual um maestro pedindo silêncio, calou a turba.

O estudante de Direito ficou arrepiado. Até então, só tinha ouvido o líder do partido nazista na rádio. Não imaginava a força que ele irradiava pessoalmente.

Com gestos exagerados, Hitler começou a falar. Sua oratória excepcional rapidamente cativou todos os presentes. As palavras saíam com fluidez, ora ameaçadoras aos inimigos da Alemanha, ora elogiosas ao povo alemão e ao nacional-socialismo. Ele sabia a hora certa de parar para receber os aplausos. Rudolf estava acostumado com professores e advogados de excelente oratória, mas nunca tinha visto algo como aquele homem. Apaixonou-se instantaneamente por aquele líder, decidindo se tornar oficialmente um nazista.

Adolf Hitler levantava a multidão e gesticulava teatralmente, o cabelo caindo na testa. Mesmo que não houvesse microfones, sua voz seria ouvida em toda a Alemanha.

Subitamente, o orador puxou um revólver da cintura e deu um tiro para o teto. Marcava, assim, o início de um golpe de Estado. A batalha que se iniciou entre nazistas e comunistas foi de uma violência extrema. Acabaram mortos dezesseis nazistas e sabe-se lá quantos comunistas.

Rudolf e seu amigo também entraram na briga. Quebraram alguns narizes, tomaram outros tantos socos na cara e tiveram o supercílio aberto, mas conseguiram fugir antes de serem presos.

Chegaram em casa ensanguentados e contentes de terem participado daquele espetáculo. Até tentaram contar aos colegas sobre Adolf Hitler, mas eles não estavam interessados. Sua atenção estava toda voltada para as prostitutas e as bebidas.

Rudolf von Huss pegou uma cerveja, sentou-se na sala e começou a pensar no futuro. Sabia que daria seu corpo e sua alma ao movimento nazista.

O derrotado

Hans estava sentado na cadeira da cozinha quando Hannelore entrou. Com os olhos vermelhos de tanto chorar, os ombros arqueados, caiu aos pés dela implorando por perdão, prometendo fazer tudo o que ela desejasse.

Mas ela não se deixou impressionar. Na verdade, a imagem do marido fraco e derrotado a enojou. Comparado ao advogado, ele não passava de um trapo. Tudo em Lilienthal parecia ainda pior. O marido e a casa.

Foi para o quarto, e Hans rastejou atrás dela, fazendo juras e promessas de amor.

"Amor!", ela pensou. "Esse idiota acredita no amor."

Hannelore sentou-se na cama com o marido aos seus pés.

– Tenho ótimas novidades! – ela disse, com alegria.

Hans abriu um sorriso. Ela não estava brava, não ia abandoná-lo! Nem tudo estava perdido.

– Sobre o quê?

– Berlim.

Foi um choque para ele ouvir o nome da capital. Imediatamente entendeu tudo. Ela não precisava contar qual era a boa notícia: ele sabia que a esposa já havia organizado tudo e preferia não ouvir. A ele, só restava acatar.

Hannelore contou sua versão da viagem a Berlim. Disse que havia visitado algumas escolas e que todas estavam em busca de professores arianos. A carência era grande. Escolheu a que gostou mais, falou um pouco sobre a carreira do marido e saiu com uma boa oferta de emprego. Antes que ele perguntasse onde morariam, contou que a escola tinha um apartamento vago, de um ex-professor judeu que havia emigrado, e que emprestaria ao jovem casal com o maior prazer.

– Não se preocupe mais, Hans. Consegui emprego e residência! Fiquei de ligar para a escola em alguns dias para marcar uma nova reunião em Berlim e confirmar nossa ida.

Hannelore achou melhor esperar um pouco antes de ligar para o advogado e confirmar a mudança. "Sem pressa. Ele é quem deve ficar ansioso, não eu. Assim, tudo fica mais fácil", pensou.

No início da outra semana, Hannelore foi até a prefeitura e ligou para Berlim. Dessa vez, a secretária do Dr. Von Huss passou a ligação sem fazer perguntas.

Quando Hannelore confirmou que aceitariam a mudança para a capital, o advogado não conseguiu controlar sua felicidade:

– Vou providenciar um emprego para ele imediatamente!

– E o apartamento?

– Em uma semana estará tudo resolvido.

– Ótimo. Irei a Berlim na semana que vem para conhecer o lugar.

– Espere, não desligue – ele pediu. Ficava excitado só de ouvir a voz da jovem. – Você não pode vir esta semana?

– Impossível.

– Eu mando meu carro ir buscá-la – ele implorou.

– Ah, Rudolf, eu adoraria, mas tenho tantas coisas para resolver antes da mudança... – choramingou.

– Hannelore, eu penso em você todos os dias. Por favor, venha passar algumas horas em Berlim comigo.

– Jura que você pensou em mim? Eu sonho com você todas as noites – ela mentiu.

Rudolf ficou extasiado ao ouvir isso. Passou a mão nos cabelos, olhou seu reflexo em um espelho próximo à escrivaninha e se viu como o homem mais bonito e desejado do mundo.

– E o que você sonha?

Hannelore sorriu para si mesma. Ela adorava esse jogo de sedução. Colocou a mão junto ao bocal do telefone e falou baixinho:

– Não posso falar agora, tem muita gente perto de mim.

– Fiquei mais curioso ainda – disse o advogado. – Posso imaginar seus sonhos.

– É mais do que você imagina.

– Por favor, venha logo para Berlim!

– Assim que você tiver tudo resolvido eu vou. Ligo daqui a alguns dias.

Desligou antes que ele pudesse reagir.

O Dr. Von Huss colocou o fone no gancho lentamente. Levantou-se, foi até a janela e olhou o movimento de carros na avenida Kurfürstendamm. Bandeiras nazistas balançavam nas fachadas dos prédios. A suástica era visível em todos os lugares. Uma imensa foto de Adolf Hitler cobria toda a frente de um edifício. Esticou o braço direito com a palma da mão para baixo e falou baixinho: "*Heil* Hitler". Agradeceu a ascensão do nazismo e ficou pensando nos bons tempos que viriam.

Queria resolver logo o assunto da mudança para ter a jovem em seus braços. Sabia que seria muito fácil conseguir o emprego e o apartamento. Apertando o botão do interfone, pediu para a secretária ligar para o gabinete do Dr. Wilhein Frick, ministro do Interior da Alemanha Nazista.

O gabinete de Wilhein Frick era o lugar certo para tratar daqueles assuntos. Advogado como ele, Frick tinha um currículo invejável dentro do sistema nazista.

Em julho de 1933, o ministro havia implementado a lei de prevenção das doenças hereditárias, que obrigava a esterilização de quem portasse uma doença geneticamente transmissível. Mais tarde aperfeiçoou a lei, condenando os portadores de doenças hereditárias à eutanásia, no que ficou conhecido como Aktion T4. Frick era um nazista dedicado: foi um dos principais responsáveis pelas leis raciais de Nuremberg em 1935 e estendeu o serviço militar obrigatório aos austríacos após o *Anschluss*.

O interfone tocou de volta e Huss atendeu.

– *Herr Doktor* Huss, o Dr. Frank, assistente do *Herr Doktor* Frick, está na linha.

Huss pediu que a secretária passasse a ligação:

– Dr. Frank! Como vai?

– Excelente, Dr. Von Huss, excelente.

– Fico feliz. Olha, eu queria pedir um pequeno favor, se não for incomodar.

– Absolutamente, Dr. Von Huss, absolutamente. Em que podemos ajudá-lo?

– Tenho uma jovem amiga querendo se mudar para Berlim, o marido dela é professor. Preciso de uma escola para ele trabalhar.

– Perfeitamente, perfeitamente – disse o assistente do ministro, que tinha mania de repetir as palavras. – Temos muitas vagas sobrando, agora que, felizmente, os judeus não podem mais dar aulas às crianças arianas. Algum bairro em especial?

– Qualquer um bem longe do centro – afirmou o advogado.

– Não se preocupe. A partir de agosto ele já terá um emprego, não se preocupe. Mais alguma coisa, doutor? – perguntou o solícito assistente.

– Sim, preciso de um imóvel mobiliado para o casal, algo próximo ao meu escritório.

– Entendo, entendo. Vou selecionar uma boa residência para o casal nas proximidades da Kurfürstendamm e uma escola bem longe para o professor trabalhar. Tem alguma ideia de quanto deseja pagar pelo apartamento?

Após uma breve negociação, Huss acertou um preço razoável pelo imóvel recém-confiscado de uma família de judeus e uma justa comissão a ser paga ao Dr. Frank. Para quem tinha boas conexões, era fácil fazer negócios lucrativos na Alemanha Nazista. Altos mandatários do partido conseguiam imóveis e obras de arte de valores incalculáveis a preços bastante acessíveis, tudo fruto do confisco dos judeus. Hermann Göring, criador da Gestapo e chefe da força aérea alemã, estava montando uma coleção de arte fabulosa.

Dois dias depois do acordo, o Dr. Rudolf recebeu uma ligação do gabinete do ministro do Interior do Reich. Era o Dr. Frank.

– Caro Dr. Von Huss, arrumei um emprego para o nosso professor em uma escola em Biersdorf. Também consegui um apartamento excelente na Clausewitz Strasse, a poucos passos do seu escritório. Um apartamento excelente! – disse Dr. Frank, repetitivo como sempre.

– Não poderia ser melhor, Dr. Frank. Podemos nos encontrar no Café Germânia mais tarde para pegar a chave e fazer nosso acerto?

– Perfeitamente, perfeitamente. Que tal às 15 horas?

– Marcado, meu caro.

Rudolf von Huss colocou o fone no gancho lentamente, como sempre fazia quando estava satisfeito. Levantou-se e olhou para a janela em direção à Clausewitz Strasse. O nome não podia ser mais apropriado.

Carl von Clausewitz havia sido um general prussiano do final do século XVIII, considerado um dos maiores estrategistas militares de todos os tempos. Assim como ele, o advogado achava que sua estratégia para conquistar a jovem Hannelore progredia com perfeição.

"Vou passar tardes deliciosas com ela, enquanto seu maridinho trabalha a quinze quilômetros de distância. Tudo está correndo conforme planejei", pensou ingenuamente Rudolf von Huss, achando-se o dono da situação.

A mudança

2º DEGRAU

Hannelore entrou na sede da prefeitura e pediu para usar o telefone.

— Escritório de advocacia do Dr. Von Huss — atendeu a voz fria e profissional.

— Bom dia, aqui é *Frau* Schmidt — disse com firmeza.

— Bom dia, Sra. Schmidt — respondeu a secretária, mudando imediatamente para um tom cordial —, vou passar a ligação agora mesmo. O Dr. Von Huss pergunta todos os dias se a senhora telefonou.

"É bom saber disso. Assim tudo fica mais fácil", ela pensou.

— Minha querida, você está em Berlim? — perguntou ansioso, antes mesmo de cumprimentá-la.

— Estou em Lilienthal. Liguei para saber se já está tudo resolvido.

— Claro que sim, *meine liebe*. Já encontrei um emprego para o seu marido e um belo apartamento próximo ao meu escritório.

— Não precisava ser em um bairro tão bom... — mentiu Hannelore. — A escola do professor Schmidt é perto da nossa futura residência? — perguntou já sabendo a resposta.

— Infelizmente, não. Mas fica a poucos quilômetros, e o transporte público de Berlim é excelente. Fiz questão de encontrar um apartamento próximo a mim. Assim, em caso de qualquer necessidade, posso estar a seu dispor em poucos minutos — disse Rudolf, insinuando-se.

— É muita gentileza sua, Dr. Von Huss.

– Rudolf, por favor.

– Rudolf. E quando posso conhecer o apartamento?

– Hoje, agora! Posso mandar um carro para buscar você – respondeu o advogado, a ansiedade transparecendo em sua voz.

Hannelore teve vontade de aceitar, de se mudar imediatamente para Berlim e nunca mais pisar em Lilienthal, mas sabia que era preciso jogar mais um pouco. E sabia que um carro não poderia buscá-la – aquilo seria comentado por todos na pequena cidade.

– Hoje não posso. Vou depois de amanhã.

Rudolf não aguentava esperar mais dois dias.

– E amanhã? Você não pode vir amanhã?

– Ligo para você assim que eu chegar – informou ela, e desligou o telefone.

Sentia o coração bater. Tudo acontecia como planejado: mudaria-se para Berlim e viveria em um apartamento com todo o conforto e o luxo. O que antes ela só via nas revistas estaria agora ao seu alcance. Sistema de aquecimento em todos os cômodos, água quente nas torneiras, banheira, espelhos – Hannelore imaginava que sua nova residência teria tudo isso. Sua alegria era tamanha que deu um beijo na funcionária da prefeitura ao se despedir, agradecendo pelo uso do telefone. Saiu como se flutuasse sobre a lama de Lilienthal, como se seus pés não precisassem mais tocar aquela terra fétida.

Ela nunca mais voltaria a Lilienthal, nem mesmo para ver seus pais.

A quilômetros dali, em Berlim, o advogado colocou lentamente o telefone no gancho. Confiante e vaidoso, tinha certeza de que o *seu* plano estava dando certo. O que *ele* tramara estava acontecendo. Não desconfiava que era Hannelore quem estava no controle. Achava que aquela jovem inocente e ingênua do interior se apaixonaria perdidamente por ele e não resistiria às suas investidas luxuriosas.

Quando Hans chegou da escola, encontrou a esposa radiante de felicidade.

– Recebi a melhor notícia da nossa vida! Está tudo certo com o seu novo emprego e com o nosso apartamento em Berlim. Nos mudamos nas férias, e no próximo semestre você começa na escola nova.

A notícia já era esperada, mas mesmo assim caiu como uma bomba no colo do professor Hans Schmidt. Ele tinha esperanças de que a esposa não conseguisse um lugar para morarem, mas até disso ela havia cuidado.

Hans tinha um pressentimento de que Berlim não seria nada boa para ele.

– A escola também conseguiu um emprego para mim, como secretária de um grande advogado. Ele irá adiantar alguns salários para que eu possa fazer um enxoval novo.

Essa desculpa explicaria a luxuosa mobília que teriam e os contatos frequentes com o Dr. Rudolf von Huss.

Mesmo suspeitando de que estava sendo envolvido em uma teia de mentiras e armações, Hans sabia que o destino não estava mais em suas mãos. Não havia nada que ele pudesse fazer.

O apartamento em Berlim

Hans acompanhou a esposa até a estação de trem de Lilienthal. Combinaram que ela ligaria para a prefeitura e deixaria o novo endereço deles. O professor ficaria na cidade por mais uns dias para cuidar dos últimos detalhes na escola, fechar a casa e preparar a mudança. Isso também fazia parte do plano de Hannelore. Assim, ela teria alguns dias a sós com o advogado para fazer seu enxoval e conhecer Berlim.

Na noite anterior, quando foram à casa dos seus pais contar que estavam de mudança para a capital, ela olhou para o casebre pela última vez e sentiu pena dos dois – sabia que nunca mais os veria.

Os pais ficaram orgulhosos em saber que a filha estava casada com um homem de caráter, que podia proporcionar a ela uma vida melhor. Não cansaram de elogiar o genro, que recebeu os louros em silêncio. Brindaram ao sucesso do casal, e Hannelore prometeu escrever uma carta assim que soubesse o endereço de sua residência em Berlim – promessa que ela sabia que não cumpriria. Queria esquecer suas origens e suas raízes. Queria ser uma nova mulher, uma mulher muito rica. E sabia que tinha talento para isso.

No trem, sentiu um calafrio de prazer ao ouvir o conhecido aviso do bilheteiro:

– Berlim, última estação!

Estava novamente na capital, e, desta vez, para ficar. Não seriam apenas algumas horas, não pegaria o último trem do dia para voltar a

Lilienthal. Pela primeira vez conheceria a Berlim noturna. Seria, para sempre, uma cidadã berlinense.

Às vésperas da viagem, Rudolf havia informado que um carro estaria esperando por ela na saída da estação de trem para levá-la ao seu novo apartamento.

"Meu apartamento em Berlim! Mal posso acreditar que estou dizendo isso: *meu* apartamento em Berlim!"

Bastou andar alguns passos em direção à saída para ver um homem ao lado de uma Mercedes-Benz, segurando uma folha de papel em que se lia "*Frau* Schmidt". Sentiu-se uma estrela de cinema, uma princesa entrando em uma carruagem. No dia anterior, andava de carroça na lama de Lilienthal. Agora, embarcava em uma limusine na sofisticada Berlim.

Hannelore recebeu duas chaves do motorista, uma da entrada do prédio e outra do apartamento. Ele informou que *Herr Doktor* Von Huss iria encontrá-la em breve. "Ótimo, assim compro logo meu enxoval", ela pensou.

O motorista estava maravilhado com sua beleza. Percebeu que ela era uma jovem simples do interior, mas muito esperta, e imediatamente entendeu o que se passava.

Hannelore também achou o jovem motorista muito atraente. Era alto, mais de um metro e noventa, forte, de cabelos bem penteados. No carro, os dois trocavam olhares pelo retrovisor.

"Então isso é Berlim", ela pensou, "onde as pessoas são ousadas e fazem as coisas acontecerem".

O carro parou em frente a um prédio de quatro andares na Clausewitz Strasse. A jovem desceu e olhou boquiaberta para a construção em estilo clássico, toda de pedra, com uma grande porta de madeira que se abria em duas folhas. Estava tão distraída admirando a construção que até se assustou quando o motorista começou a explicar que a chave grande abria a porta do prédio, e a menor, a porta do apartamento no segundo andar.

— A senhora nunca morou em Berlim, não é? — ele perguntou, percebendo a alegria estampada no rosto de Hannelore.

Ela confirmou com a cabeça.

– Eu também vim de uma cidade pequena, mas não tive a sorte que a senhora está tendo – disse com um sorrisinho malicioso.

Hannelore retribuiu o sorriso.

– Não é sorte, *Herr...*?

– Berger!

– *Herr* Berger, não é sorte. Nada cai do céu, é preciso se esforçar – comentou, também com malícia.

Ela se despediu e caminhou sensualmente até o prédio, sabendo que o motorista a seguia com o olhar.

Ao abrir a primeira porta, deparou-se com um grande ambiente em arco que terminava em um pátio. Havia um jardim bem cuidado, as flores eram coloridas e perfumadas, o espaço muito limpo, tudo no seu devido lugar.

Olhou para cima e viu os quatro andares do prédio com suas janelas voltadas para o jardim. Todas tinham cortinas e floreiras. Tão diferente de Lilienthal!

Sorriu. Era ali que passaria a morar, era ali que planejaria seus próximos passos.

Voltou para o *hall* e subiu apressadamente os dois lances de escada, ansiosa para conhecer seu apartamento.

Respirou fundo e abriu a porta.

Quando viu o que a aguardava, não conseguiu se segurar. Soltou um gritinho de empolgação, seus olhos cheios de lágrimas.

O apartamento era lindo, muito melhor do que ela imaginara. Tinha uma sala ampla, com janelas do chão ao teto que davam para a rua e por onde entrava bastante luz. O quarto também era espaçoso, com grandes janelas. Ao entrar no banheiro, deu outro grito: lá estava sua banheira de mármore com torneiras de metal douradas. Correu para abrir e sentir a água quente escorrer entre seus dedos. Quando chegou à cozinha, descobriu que nunca havia entrado em uma cozinha de verdade até aquele momento. O espaço não era uma clareira suja com um fogão à lenha, onde só ia para esquentar a comida. Tratava-se de uma pequena e luxuosa sala com um fogão de verdade, armários, louças de porcelana fina e talheres de prata.

O apartamento estava todo decorado. Havia cortinas nas janelas, sofás, poltronas, tapetes. A cama de casal do quarto era macia, os lençóis perfumados, os travesseiros estofados com penas de ganso.

"Os judeus que moravam aqui não puderam levar muita coisa", pensou Hannelore. O apartamento estava todo montado. Era como se os antigos moradores simplesmente tivessem deixado de existir de uma hora para a outra – o que de certa forma era verdade.

Ela abriu os armários, examinou as gavetas, olhou cada detalhe e apalpou tudo com delicadeza. Seda, veludo, algodão, cetim, porcelana, cristal, aço, prata, madeiras, ágata, espelho, tapetes: queria ter a experiência sensorial de cada milímetro da sua nova casa.

Ao deitar-se na cama, enfiou a cara no travesseiro e começou a chorar de alegria. Tudo aquilo pertencia a ela agora, exatamente como sempre havia desejado. Seus sonhos se realizavam, e ela não conseguia conter a emoção. A moça simples de Lilienthal era agora uma mulher de Berlim. Não havia mais limites para sua ambição. Ela tinha certeza de que galgaria cada degrau que havia planejado.

Após aquele momento de contemplação, Hannelore se recompôs e foi até a janela da sala. Olhando para a esquina da Clausewitz Strasse com a Kurfürstendamm, viu o movimento dos carros, as pessoas elegantes passeando pelas calçadas, e pensou que aquilo era apenas o começo, o primeiro passo da sua ascensão.

Foi então que ouviu uma leve batida na porta de entrada. Pediu um minuto, correu para o banheiro e se arrumou. Quando abriu a porta, encontrou o advogado Rudolf Huss segurando um lindo arranjo de flores.

Nenhum dos dois falou nada, apenas sorriram. Ele de alegria, ela de falsidade.

Pegou as flores, colocou no centro da mesa – onde já havia um vaso – e, antes que pudesse agradecer, o advogado a agarrou e a beijou.

Ele gemia de prazer, e ela fingia corresponder.

Ficaram nus ainda na sala, ele querendo penetrá-la ali mesmo. Mas ela não permitiu. Levou-o para o quarto – queria experimentar a cama. Mandou que ele se deitasse e então começou a beijar seu corpo. Percebeu que ele era perfumado, que tinha uma pele macia, bem diferente de Hans. E, então, entregou-se ao amante. Mas tinha pressa, queria começar a fazer o enxoval ainda naquele dia.

Duas horas depois, Hannelore entrava com Rudolf em uma das lojas mais sofisticadas da Kurfürstendamm, onde foi atendida por uma vendedora que era toda sorrisos. A mulher já conhecia o advogado, que com certeza era um cliente frequente da loja.

Hannelore pediu vestidos, casacos, meias, lingeries e todas as peças do vestuário feminino que lhe vinham à mente. Pela primeira vez na vida, ela podia escolher o que quisesse sem se preocupar com o preço. A vendedora a conduziu até uma plataforma para tirarem as medidas.

Começaram a selecionar modelos e tecidos. Hannelore só escolhia o que havia de melhor na loja. De vez em quando, pedia a opinião de Rudolf, que se derretia e concordava com todas as escolhas dela.

– Quero ficar bonita para você, meu amor – ela mentia.

– Quero você linda! – ele exclamava.

A vendedora havia entendido a natureza daquela relação e incentivava Hannelore a gastar o máximo possível.

– Depois das compras, vamos jantar em um lugar maravilhoso.

– E, depois do jantar, vou levá-lo a um lugar delicioso – ela provocou.

Rudolf tinha certeza de que havia conquistado o coração da garota. Hannelore tinha certeza de que ele estava preso em sua teia.

A jovem alemã queria comprar a loja toda, mas sabia que tinha de se controlar. Não por causa do advogado, mas para que seu marido não desconfiasse. Era um jogo, e ela precisava ter as melhores cartas na mão.

– As roupas ficarão prontas em alguns dias – informou a vendedora.

– Mas eu preciso de algo para hoje à noite! – choramingou Hannelore.

– Eu acho que tenho a solução – disse a funcionária. – Uma cliente judia não veio buscar um vestido de festa, provavelmente fugiu do país antes disso. Com pequenos ajustes, em uma hora estará perfeito para a senhora usar!

Enquanto esperavam os ajustes, Hannelore e Rudolf foram comprar bolsas, encomendar sapatos e acessórios. Ela parecia uma criança em uma loja de brinquedos.

Bem-vestida e maquiada, estava deslumbrante. Ao entrarem no restaurante, todos os olhares se voltaram para ela. Rudolf ficou orgulhoso de estar de braços dados com o centro das atenções. Seu ego, que não era pequeno, inflou-se ainda mais. Hannelore percebeu que, provavelmente, nenhuma das mulheres ali presentes seria a esposa. Todas muito jovens e insinuantes, acompanhadas de homens mais velhos e poderosos. "Então, isso também é Berlim."

– Rudolf, você não deveria estar aqui com a sua esposa? – ela perguntou, fingindo ingenuidade.

– Ela odeia meus compromissos profissionais – respondeu ele.

– Mas este não é um compromisso profissional.

– Ela acha que é – riu Rudolf, sarcástico.

Mesmo em Berlim, o lema nazista *Kinder, Küshe, Kirshe* continuava valendo: o dever das mulheres era se ocupar apenas das crianças, da casa e dos compromissos religiosos.

O advogado conhecia a maioria das pessoas ali, dos civis aos militares, muitos destes oficiais da SS.

– Champanhe? – ele ofereceu a Hannelore.

– Sim, meu querido.

– Vamos brindar ao seu novo apartamento e à vida maravilhosa que teremos pela frente!

– E ao novo emprego do meu marido!

Ambos riram.

Hannelore provou pratos sofisticados que nem sabia que existiam.

Rudolf não poupava esforços para deixar a amante feliz.

Os dois estavam se divertindo, quando um casal se aproximou para cumprimentar o advogado, que os convidou para sentar e tomar um cálice de licor. Era o tenente Michael Hoftz, da SS, e sua acompanhante, uma linda morena de olhos verdes, quase da mesma idade de Hannelore. Seu nome era Helga.

Enquanto os dois homens falavam de negócios e discutiam a situação militar da Alemanha, as duas logo iniciaram uma conversa. Perceberam que tinham muito em comum e que poderiam ser amigas.

Helga também vinha de uma pequena cidade do interior e, como amante do militar, vivia em um apartamento confiscado de uma família de judeus, levando uma vida de luxos.

– Felizmente não tenho um marido para carregar – cochichou, sem meias-palavras, para a nova melhor amiga.

– Isso é uma grande vantagem – disse Hannelore. – Quando Hans chegar, não sei como farei para sair à noite, e não pretendo ficar trancada com ele em casa.

– Vamos pensar em uma maneira de você se livrar dele – disse Helga. – Ele não tem sangue judeu?

Hannelore achou a ideia um pouco assustadora.

– Não, nem uma gota de sangue judeu. Não é por aí que vou conseguir algo.

– Nós vamos descobrir uma saída, não se preocupe.

Quando as bebidas chegaram, o oficial da SS fez um convite para o casal.

– Daqui a duas semanas estreia o filme *Olympia*, de Leni Riefenstahl. Vou mandar dois convites para o seu escritório, Dr. Von Huss. O *Führer* estará presente e vai gostar de revê-lo.

Hannelore ficou espantada ao saber que Rudolf conhecia Hitler pessoalmente. Ela não imaginava que seu poder fosse tão amplo.

– Não deixe de levar sua amiga, ela fará o maior sucesso entre os presentes. Quem sabe Leni não a convida para estrelar um filme? – disse o militar com um sorriso malicioso, ousadia que lhe custou um pontapé de Helga por baixo da mesa.

Hannelore não sabia quem era Leni Riefenstahl. Depois de uma breve pesquisa, entendeu que se tratava de uma diretora de cinema engajada com o regime. Realizava filmes que enalteciam o nazismo e a pureza da raça ariana. Tinha apoio total do ministro da Propaganda, Joseph Goebbels, um dos mais poderosos políticos que frequentava o núcleo do poder nazista e tinha acesso direto a Adolf Hitler.

Ao chegar ao apartamento depois de uma noite de diversão, Hannelore tirou os sapatos de salto alto – os primeiros que usara na vida –, sentou-se no sofá da sala e admirou Berlim iluminada.

Então, lembrou-se de que precisava ligar para o marido e dar o endereço da nova casa. Mas o que ela queria mesmo era nunca mais falar com Hans. Ele que ficasse em Lilienthal, já que gostava tanto da aldeia.

Berlim é uma festa

As semanas sem o marido foram as melhores que Hannelore já tinha vivido.

Encontrava-se com Helga religiosamente, quase todos os dias, para fazerem compras. Dr. Von Huss havia estipulado uma mesada.

Helga contou como fora parar em Berlim.

— Eu trabalhava como secretária no comitê do Partido Nazista da minha cidade. Certo dia, organizaram uma convenção, e Hoftz estava participando. Fui encarregada de acompanhá-lo e ficar a sua disposição para resolver qualquer problema, ajudando-o no que fosse preciso.

— E você cumpriu a missão com êxito — completou Hannelore, maliciosamente.

— Não deixei faltar nada — riu a amiga. — Ao final do evento, ele fez o convite para que eu viesse morar em Berlim. Não pensei duas vezes. E você, como conseguiu vir para cá?

Hannelore não entrou em detalhes. Não gostava de falar da sua vida pessoal.

Terminadas as compras, as duas entraram em um salão de cabeleireiros para se arrumarem para a noite de gala da semana: a estreia de *Olympia*.

A Mercedes preta de Von Huss estacionou na frente do prédio. O belo motorista abriu a porta e o advogado saiu, subindo até o apartamento para buscar Hannelore.

— Você está deslumbrante, minha querida.

— Você também está lindo.

Ao entrar no carro, Hannelore percebeu que o jovem Berger a admirava pelo retrovisor. Ficou satisfeita em saber que tinha sua atenção.

– Hoje você será apresentada à elite. Todo mundo que importa estará lá: o *Führer*, Himmler, Bormann, Goebbels, Rosenberg, os homens mais poderosos da Alemanha – Rudolf contou com orgulho.

O casal entrou no salão e Hannelore notou que a maioria dos homens vestia uniforme – eram poucos os civis, que trajavam *smoking*. As mulheres, como sempre, estavam muito bem-vestidas, ostentando joias maravilhosas.

Rudolf parecia conhecer todo mundo. Quando encontraram o casal Hoftz, Hannelore correu à amiga para reconhecer as pessoas mais importantes.

– Helga, me diga quem é quem nesta festa! – pediu, animada.

Aproveitando que os homens conversavam, distraídos, Helga nomeou cada um dos convidados. Hannelore ficou deslumbrada. Realmente, todo mundo que importava na Alemanha estava lá.

– Aquela é Leni Riefenstahl – disse Helga, apontando para uma mulher cercada de autoridades, que aparentava grande poder e pouca feminilidade. – Quem sabe você vira artista de cinema? – brincou Helga.

As duas caminharam em direção à cineasta. Quando viu Hannelore, Leni parou de falar e ficou admirando seus traços perfeitos.

– Aproximem-se – disse, fazendo sinal para elas chegarem mais perto.

Hannelore, que não perdia uma oportunidade, foi até ela com seu andar fatal.

– Uma deusa – exclamou a diretora. – Qual é seu nome?

Antes que pudesse responder, Hannelore sentiu uma mão segurar seu braço. Era Rudolf, que estivera observando a cena de longe. Ele se aproximou para cumprimentar a diretora.

– Como vai, *Fraulen* Riefenstahl?

– Vejo que está muito bem acompanhado, Dr. Von Huss – respondeu ela. Essa garota poderia estrelar qualquer filme meu.

Rudolf apresentou Hannelore com muito orgulho.

– *Frau* Schmidt, Hannelore Schmidt.

Leni a cumprimentou com um grande sorriso. Havia um clima de ciúmes e conquista no ar.

– Quem sabe um dia você não faz um teste para mim? – disse a diretora.

Hans, Huss, Hermann

As férias de verão tinham começado, e o professor Schmidt aproveitava para organizar a mudança.

– Professor, desejamos todo o sucesso para você em Berlim – disse o diretor da escola. – Com sua capacidade e seu conhecimento, certamente se dará muito bem na capital do Reich!

– Agradeço os votos e a confiança, *Herr* diretor – respondeu Hans, tentando transmitir confiança. Na verdade, estava apavorado com a ideia de se mudar.

Experimentara a mesma sensação ao se despedir dos sogros e dos cunhados.

– Eu sabia que um dia Hannelore iria embora. Ela sempre sonhou em se mudar para uma cidade grande – sua sogra havia dito na ocasião.

O professor seguiu as instruções da esposa e não levou nada para Berlim. Os poucos móveis que tinham foram distribuídos entre os parentes.

Na manhã seguinte, carregando apenas uma pequena mala com seus pertences pessoais, embarcou no trem sentindo uma angústia imensa. Fazia quase um mês que não via a esposa.

Uma hora depois, Hans descia na estação berlinense.

Tirou do bolso um papel com o endereço do apartamento e começou a caminhar. Ia pelas ruas carregando a mala e um peso no coração.

A angústia de Hannelore não era menor, mas sua razão era outra: a partir daquele dia, precisaria criar formas de se dividir entre o marido e o amante. Durante o dia não haveria problema. A escola onde Hans iria trabalhar era longe, e, para todos os efeitos, ela era a secretária do importante advogado Rudolf von Huss. Eram as noites que a preocupavam. Queria continuar frequentando os restaurantes sofisticados, os bares agitados e as casas de show de Berlim, que naqueles anos pré-guerra vivia tão em festa quanto a Paris dos anos 1920. A última coisa que Hannelore queria era ficar trancada em casa com o professorzinho.

Olhando pela janela, viu que o marido se aproximava e desceu para abrir a porta do prédio. Achou que ele parecia pior do que antes. Naquelas poucas semanas em Berlim, Hannelore havia ascendido, enquanto Hans parecia cada vez mais para baixo. Estava mais magro, mais abatido, o terno velho e puído fazendo-o parecer miserável. Um misto de medo e fracasso estampava seu rosto.

A aparência dela, por outro lado, espantou o professor. Hannelore estava com o cabelo arrumado, bem maquiada, perfumada e com um vestido certamente muito caro.

Os dois se cumprimentaram com frieza.

O professor Schmidt não era bobo. Ele sabia que aquela não era mais a sua esposa, a jovem com quem havia se casado em Lilienthal, e ambos entenderam que tudo havia terminado.

Os dois não tinham mais nada em comum. Pareciam dois estranhos obrigados a conviver sob o mesmo teto.

Ao subirem para o apartamento, Hans não perguntou onde ela tinha conseguido dinheiro para ficar tão exuberante, nem como seu salário de professor permitiria ao casal viver em um apartamento tão sofisticado. Ele achou melhor não saber de nada.

Hannelore entregou-lhe uma cópia das chaves e disse que precisava voltar ao escritório.

– Tenho que trabalhar – disse secamente. – Nos encontramos à noite.

Deixou o apartamento angustiada. Precisava relaxar, fazer algo para se sentir bem. Pensou no motorista do Dr. Von Huss.

Hannelore não considerava Rudolf um grande amante na cama, mas sabia que, com os elogios certos, seria bem recompensada e teria tudo o que desejasse.

Naquele momento, queria alguém que soubesse o que fazer com uma mulher.

Procurou uma cabine telefônica e ligou para Rudolf.

– Querido, preciso ir até Lilienthal. O distraído do meu marido esqueceu alguns documentos com meus pais. Será que seu motorista pode me levar até lá?

– Claro! – respondeu ele, sem desconfiar de nada.

Poucos minutos depois, Hannelore embarcava na Mercedes. A troca de olhares pelo retrovisor ficava mais intensa à medida que o carro avançava pelas ruas de Berlim. Ao chegarem na estrada, ela esperou que o carro percorresse apenas alguns quilômetros.

– Hermann, saia da estrada e encontre um lugar afastado para estacionar – ordenou.

Era a primeira vez que ela se dirigia a ele pelo primeiro nome, em vez do formal "*Herr* Berger". Entendeu logo o que ela queria.

O motorista andou algumas centenas de metros para fora da estrada e estacionou em um lugar discreto. Saiu do carro, abriu a porta de trás da Mercedes e, tirando a calça, deitou-se por cima de Hannelore.

– Sonhei com este dia desde que busquei você na estação, *Frau* Schmidt.

– Se você for competente, podemos repetir outras vezes.

Os dois se entregaram a horas de prazer. A desculpa de visitar os pais em Lilienthal era perfeita.

– Temos de manter isso em segredo – ela avisou.

– Da minha parte, pode ficar tranquila. Se o Dr. Von Huss souber disso aqui, ele me manda para Dachau – garantiu o motorista.

– Dachau? O que é isso?

– Você nunca ouviu falar? É um campo de prisioneiros políticos, para onde enviam os opositores do nazismo. Lá eles são torturados e forçados a trabalhar. Poucos voltam vivos desses lugares.

Outono em Paris

Hans saía de manhã para trabalhar e só voltava à noite.

Hannelore saía para fazer compras na Kurfürstendamm, saborear doces no Café Germânia, ir ao cabelereiro, passear e conversar com Helga. Quando o Dr. Von Huss tinha a agenda livre, os dois almoçavam nos melhores restaurantes de Berlim ou faziam sexo. Entre transar com Rudolf e Hermann, ela preferia muito mais o motorista. E Rudolf era tão vaidoso que não desconfiava que as visitas à família em Lilienthal eram, na verdade, um pretexto para se encontrar com Hermann.

Ela, por outro lado, não confiava em ninguém, nem mesmo em Helga, e nunca comentou sobre suas escapadas.

— Adivinha o que aconteceu? — perguntou a amiga, sorrindo de orelha a orelha, quando as duas se encontraram para um café.

— Hoftz pediu você em casamento.

— Como você sabia?

— Não sabia, mas com esse seu sorriso, o que mais poderia ser?

— Ele conseguiu a anulação do casamento, sua mulher não podia ter filhos. Vamos passar a lua de mel em Salzburgo! — contou Helga, os olhos brilhando de alegria.

Ter filhos era obrigatório para todos os casais alemães. A regra era ainda mais rígida para os integrantes da SS, que, como arianos puros, deveriam gerar uma prole vasta para povoar o Reich e as terras que Hitler prometia conquistar no Leste.

Para Helga, aquilo era um sonho: não seria mais "a outra", e sim a oficial.

– Vamos nos casar e ter muitos filhos! – vibrava.

Para Hannelore, um novo marido não estava nos planos, muito menos crianças. Achava que a maternidade estragaria seu corpo perfeito, e não queria a responsabilidade de cuidar de alguém.

Mas Helga havia lhe dado uma boa ideia: viajar. Não para a Áustria, que era praticamente uma extensão da Alemanha. Ela sonhava com Paris.

Despediu-se da amiga e foi logo ligar para Rudolf. Queria se encontrar com ele em uma suíte no Hotel Kempinski naquela noite – e estava disposta a usar suas melhores armas para conseguir o que desejava.

Hannelore chegou ao hotel antes do advogado, pediu a chave da suíte, diminuiu as luzes e mandou trazerem champanhe. Completamente nua, sentou-se na poltrona de frente para a porta.

Quando o advogado entrou e viu aquela cena, ficou logo excitado.

– *Meine liebe...* – balbuciou ele.

– Shhh – ela levou os dedos à boca e pediu para ele não dizer nada. Em seguida, fez sinal para que se aproximasse.

Rudolf foi até Hannelore, que não se levantou da poltrona. Sem tirar os olhos do amante, baixou lentamente suas calças e o levou à loucura.

Antes que ele gozasse, ela o puxou para a cama.

Rudolf deitou-se sobre Hannelore, mas quando ia penetrá-la, ela começou a choramingar.

– O que aconteceu, minha querida? – perguntou, surpreso.

– Não é nada – respondeu ela, sua expressão demonstrando exatamente o contrário. – Esqueça, vai passar.

– O que eu fiz de errado? – insistiu o advogado.

Hannelore só chorava.

Rudolf deitou-se ao lado dela.

– Diga, minha querida, o que aconteceu? O que eu fiz?

– Não é você, Rudolf, sou eu. Deixa pra lá.

– Por favor, fale. Estou aqui para você. – Ele queria resolver a situação o quanto antes, para retomarem de onde tinham parado.

– Dessa vez você não pode me dar o que eu preciso.

– Não é verdade. Você sabe que eu faço tudo o que me pede.

Hannelore aguardou mais alguns segundos em silêncio. Então, o pegou desprevenido:

– Até quando eu serei a outra?

O advogado tomou um susto. Nunca imaginou que ela perguntaria aquilo.

Ela se afastou, olhando para ele com seus maravilhosos olhos azuis cheios de tristeza.

– Você acha que alguma mulher se contenta em ser a outra? Faz meses que estamos juntos. É hora de você tomar uma decisão – falou com firmeza.

Rudolf ficou sem reação. Sentiu que a cama se abria, puxando-o para um buraco sem fim. Jamais pensou que Hannelore cobraria aquilo dele.

– Você me trata como uma puta. Me cobre de presentes e me encontra quando quer para satisfazer seus desejos sexuais. Não foi isso que sonhei para a minha vida – continuou ela, as lágrimas rolando pelo rosto.

– Hanne, você é casada, eu sou casado, minha esposa tem sangue nobre. Deixá-la para me casar com você está fora de cogitação – o advogado respondeu sem pensar.

– Viu só? Porque eu não tenho sangue nobre, sirvo apenas para sexo. Se você acha que vai ser assim, procure outra. Estou apaixonada e não é isso que desejo para a minha vida. – A própria Hannelore se espantava com sua capacidade de mentir sem deixar transparecer.

Rudolf desmoronou.

– Também gosto muito de você, querida! Mas existem regras para homens como eu, da minha posição, e rompê-las não é tão fácil quanto parece.

Ela percebeu que ele falava a verdade, que realmente estava apaixonado. "Que tolo!", pensou, satisfeita. Era exatamente o que precisava saber para seguir com o plano. Estava orgulhosa e segura de si.

– O tenente Hoftz pediu Helga em casamento.

Rudolf quis dizer a ela que poucos oficiais da SS pertenciam à elite do país. Em geral, eram ex-soldados que vinham das classes mais baixas, que não pertenciam à mesma linhagem que ele. Rudolf convivia com os oficiais da SS por interesses políticos e profissionais, não pessoais.

– Hanne, meu amor, realmente gosto muito de você. Posso te dar tudo o que sempre sonhou, você viverá como uma princesa ao meu lado, mas casar é impossível.

O argumento do advogado era forte, mas Hannelore tinha o faro de uma raposa, a esperteza dos predadores.

– Então me dê um filho! – pediu, já sabendo que ele também não aceitaria aquilo.

O advogado gelou.

– Não posso. Você sabe que não posso.

Hannelore se levantou da cama. A visão daquele corpo nu, escultural, os seios firmes projetados para a frente, deixou o advogado maravilhado.

– Nesse caso, receio não termos mais nada para conversar. Você deixou tudo bem claro: acha que só estou interessada no seu dinheiro.

"Será que ela tem coragem de me abandonar? Decidida ela é, isso eu já percebi", ele pensava. "Sim, ela me abandonaria num piscar de olhos. E não teria dificuldade para encontrar outro amante."

– Se a ofendi, peço perdão.

– Você não sente nada por mim – atacou ela. – Para você, sou apenas um objeto sexual.

– Por favor, minha querida, é claro que você significa mais do que isso para mim. Já tive várias mulheres, e nenhuma delas se compara a você.

– Então prove. Prove que realmente gosta de mim, Rudolf.

– O que você quer que eu faça? – ele perguntou esperançoso.

– Paris.

– Como assim? O que tem Paris?

– Me leve para Paris!

Rudolf ficou pálido. Como poderia viajar com ela para tão longe? Uma coisa era chegar tarde em casa, mentir que estava em uma reunião, outra muito diferente era viajar para Paris. Ele não tinha clientes na capital francesa, não tinha como inventar uma reunião de negócios. E, se dissesse à esposa que viajaria a Paris, com certeza ela pediria para ir junto.

– Me peça outra coisa, qualquer coisa! Não posso viajar com você para Paris – implorou ele, de joelhos, agarrando-se nas pernas da jovem.

– Se você realmente me ama, me leve para Paris. Eu posso deixar meu marido para viajar com você, por que você não pode deixar sua esposa?

Rudolf enterrou a cabeça entre as pernas de Hannelore. Sentindo aquele calor em seu rosto, percebeu que a excitação voltava. Ela sabia disso: agarrou-o pelos cabelos e o apertou contra sua virilha, respirando com prazer. Sabia que ele não iria resistir.

– Você é quem sabe, Rudolf. Eu faço qualquer sacrifício para ficar com você, mas já entendi que a recíproca não é verdadeira – Hannelore provocava.

– Não é verdade, você sabe disso. Consegui um apartamento para você, um emprego para o seu marido, pago todos os seus caprichos, levo você aos melhores lugares de Berlim... – ele argumentou.

– Estou falando de amor, Rudolf, de sentimentos, e você vem mais uma vez com essa história de bens materiais! Pode ficar com seu dinheiro, não preciso dele.

O advogado sentia o mundo desaparecer sob seus pés.

– Pense nisso, e só me procure se mudar de ideia.

Hannelore se desvencilhou do amante, vestiu-se e saiu do quarto. Arrasado, Rudolf ficou no chão.

Já no elevador, ela se olhou no espelho e sorriu.

Enquanto Hannelore tramava mais um golpe contra o advogado, a Alemanha Nazista também planejava um novo golpe contra os judeus.

No final de outubro, o país já havia expulsado dezessete mil judeus poloneses que viviam em território alemão. As pessoas tiveram seus bens confiscados pelo governo e foram levadas de trem para a fronteira com a Polônia. Ao chegarem, porém, não conseguiram entrar no país: extremamente antissemita, a Polônia não queria aqueles judeus de volta à pátria. De uma hora para a outra, dezessete mil pessoas se viram sem casa, dinheiro ou comida, abandonadas na fronteira entre dois países. Não podiam entrar na Polônia nem voltar à Alemanha. Acabaram ficando provisoriamente em um campo de refugiados na cidade fronteiriça de Zbaszyn.

Já era outono, período de chuvas, e o frio europeu começava a ganhar força. O campo de Zbaszyn não tinha condições de atender aqueles milhares de homens, mulheres e crianças. Era um improviso total. Não havia nem mesmo barracas de lona. Impostos àquela realidade catastrófica, crianças e idosos morriam de frio e fome. A Cruz Vermelha polonesa fazia o possível para mitigar seu sofrimento.

Rudolf von Huss, assim como os demais alemães, acompanhava com desprezo as notícias sobre os deportados.

No entanto, aquela situação deu a ele uma ideia para solucionar o impasse com Hannelore. "Mais uma vez a posição dos judeus na sociedade alemã vai me ajudar", pensou. Ao chegar em casa naquela noite, deu a notícia para a esposa:

– Minha querida, fui convidado por *Herr* Von Ribbentrop para fazer parte de uma comissão de alto nível que irá a Paris discutir a situação desses judeus miseráveis na fronteira da Polônia – disse, simulando orgulho. Joachim von Ribbentrop era o ministro das Relações Exteriores.

– Que maravilha, meu bem! Sempre sonhei em conhecer Paris. Será uma ótima oportunidade – respondeu ela, animada.

– Esse é o único problema, meu amor. – Ele já contava com a sugestão da esposa e tinha a resposta pronta: – Infelizmente, trata-se de uma missão ultrassecreta, não será noticiada nem na imprensa. Não queremos que essa crise se torne pública para o mundo, mas prometo levá-la a Paris na primeira oportunidade.

Entre os milhares de deportados em Zbaszyn estavam os pais e a irmã de Herschel Grynszpan, um jovem judeu polonês de 17 anos que vivia em Paris.

Herschel acompanhava as notícias com o coração na mão, desesperado pela situação catastrófica em que seus pais se encontravam enquanto aguardavam uma solução para aquele impasse diplomático. Sabia que eles tinham poucas chances de voltar à Alemanha e menos ainda de entrar na Polônia. Eram idosos, e a saúde do pai estava frágil. Ele não sobreviveria àquela provação, principalmente quando o inverno chegasse.

O jovem Grynszpan havia fugido da Alemanha quando as leis raciais foram radicalizadas. Percebendo que o futuro no país era sombrio, decidiu ir para a França e viver com seus tios até completar 18 anos. Então, viajaria para a Palestina, futuro Estado de Israel.

Em Paris, Herschel vivia à margem da sociedade. Por ser ilegal e não falar francês, não podia trabalhar nem ir à escola. Também enfrentava privações em casa, já que a família era muito pobre. Vivia constantemente estressado, com medo de ser preso e deportado. Se fosse enviado de volta para a Alemanha, sabia que acabaria em Dachau, Sachsenhausen ou outro campo de refugiados. Grynszpan não era um pacifista. Já tinha se envolvido em confusões e atos de violência, pois passava o dia na rua com outros jovens. Culpava, e com razão, a Alemanha Nazista pela situação que os pais enfrentavam, além da péssima situação em que ele mesmo se encontrava.

O telefone tocou na casa de Hannelore. A chamada só podia ser de Rudolf.

— Se não for para confirmar a viagem a Paris, vou desligar — disse ela ao atender o telefone.

— Faça as malas — respondeu a voz do outro lado da linha.

Hannelore gritou de alegria, pulando feito criança. Sentia um arrepio de prazer percorrer todo o seu corpo.

— Pegamos o trem amanhã à noite, *meine liebe frau*.

Rudolf pediu que ela contasse a mesma história ao marido: ela acompanharia o Dr. Von Huss em uma delegação que iria a Paris discutir a situação dos judeus em Zbaszyn.

— Entendi. Uma missão muito importante e secreta — ela confirmou.

Quando contou para Hans, porém, ele não acreditou na história.

— A Alemanha vai mandar uma delegação a Paris, encabeçada por Joachim von Ribbentrop, para discutir a questão dos judeus poloneses? — perguntou, desconfiado.

— Foi o que me falaram — respondeu Hannelore, fingindo inocência.

— Não li nada nos jornais.

— É secreta. O Dr. Von Huss pediu que eu não dissesse a ninguém. Você sabe como são essas coisas.

— E por que eles precisam de você?

— Escuta, Hans, por acaso você desconfia de mim? Está me chamando de mentirosa? Por que eu inventaria essa história? — respondeu sem paciência, agressiva, como fazia quando queria encerrar uma discussão.

Hans sabia que a esposa tinha uma vida dupla. As roupas luxuosas, as joias, o apartamento, as saídas à noite, nada daquilo fazia sentido para alguém como eles. Mesmo assim, não tinha forças para acabar com o casamento e voltar fracassado para Lilienthal.

Hannelore e Rudolf desembarcaram do trem na Gare du Nord no dia 5 de novembro. Hospedaram-se no Ritz Hotel, o mais luxuoso da capital francesa.

Rudolf ligou na recepção e pediu que mandassem uma garrafa de Veuve Clicquot e caviar Beluga.

– Quantas namoradas você já trouxe aqui? – Hannelore perguntou, fingindo ciúmes.

– Nenhuma, minha querida, você é a primeira – respondeu com sinceridade, acreditando nos ciúmes da amante.

– Eu duvido. Um homem como você já deve ter trazido várias mulheres para este hotel – retrucou ela, fazendo charme.

Bateram na porta da suíte. Rudolf abriu e o garçom entrou com a champanhe e o caviar. Quando o funcionário deixou o quarto, Hannelore se despiu e começou a beijar o advogado, que não resistia aos seus encantos.

– Vou confessar uma coisa: estou perdidamente apaixonado por você.

– Eu também, Rudolf. Durante esses dias em que não nos falamos, fiquei desesperada – mentiu ela.

– Me perdoe, Hanne. Prometo que nunca mais farei isso – disse ele, agarrando a jovem e levando-a para a cama.

Fizeram amor por algum tempo. Rudolf derramava champanhe nos seios de Hannelore e bebia com prazer.

Quando ele gozou, ela se satisfez em imaginar que logo mais estaria fazendo compras nas perfumarias e nas lojas de alta costura da cidade.

No dia seguinte, do outro lado de Paris, Herschel Grynszpan recebeu um cartão-postal da irmã. A situação dos pais era desesperadora: faltava tudo, e eles estavam à beira da morte. A irmã implorava por ajuda. Herschel ficou desesperado, não havia nada que pudesse fazer. Seu tio tinha pouco dinheiro e gastava uma boa quantia para manter o sobrinho ilegalmente no país. Não podiam mandar roupas ou comida, muito menos trazer a família para a França. A carta da irmã deixou

Herschel fora de controle. A única coisa que restava a fazer, pensava ele, era se vingar dos nazistas.

Enquanto Hannelore percorria o sofisticado circuito das lojas do Faubourg Saint Honoré, Boulevard Haussmann e Champs-Élysées, Herschel comprava uma pistola 6,35 mm e uma caixa de munição. Em seguida, hospedou-se em uma pensão barata, escreveu um cartão-postal para os pais e colocou no bolso do paletó. Antes de dormir, relembrou todo o plano que colocaria em prática no dia seguinte.

Naquela mesma noite, Hannelore e Rudolf foram jantar no La Tour d'Argent, conhecido por ser um dos restaurantes mais antigos e refinados da Europa.

Na manhã seguinte, Herschel acordou, colocou a arma carregada no bolso do velho paletó, pegou o metrô e desceu na estação Solferino. Caminhou até o número 78 da Rue de Lille, onde se encontrava a sede da embaixada alemã.

Do outro lado da cidade, Hannelore acordava entre lençóis de algodão egípcio, travesseiros e edredons de penas de ganso, sentindo-se a mulher mais feliz do mundo.

– Bom dia – sorriu Rudolf, colocando a bandeja com o café da manhã na cama.

O gesto do amante a fez se lembrar de que, pouco tempo antes, comia pão preto com banha no café. Agora, porém, estava se lambuzando de *croissants* com geleia na suíte do Ritz, e muito em breve estaria no estúdio de Coco Chanel.

Herschel entrou na embaixada, foi até a recepção e fingiu ser um espião amador, alegando ter informações importantes sobre a França para o embaixador alemão. Sem desconfiar de nada, o recepcionista o levou para falar com um dos assistentes, o diplomata Ernst vom Rath, pois o embaixador Conde Johannes von Welczeck tinha acabado de sair.

Eram quase 10 da manhã quando Herschel Grynszpan entrou no escritório de Vom Rath, tirou a pistola do bolso e a descarregou no alvo. O diplomata morreria poucos dias depois.

A notícia de que um exilado judeu havia atentado contra a vida de um diplomata alemão se espalhou como um dique que tivesse se rompido.

Quando o telefone da suíte tocou, Hannelore e Rudolf tinham acabado de chegar, carregados de sacolas das melhores grifes.

– Von Huss falando – atendeu ele, com autoridade.

– Sou eu, meu amor, ainda bem que encontrei você no quarto – disse a esposa do outro lado da linha. – Que tragédia, não? Acho que isso vai atrapalhar as suas negociações. Será que vocês voltam ainda hoje?

Rudolf não sabia do que ela estava falando, mas seu instinto dizia que era melhor não perguntar.

Hannelore o abraçou por trás e começou a excitá-lo, deixando-o ainda mais desorientado.

– Agora não posso falar, querida. Ligo quando tiver mais informações – finalizou, colocando o telefone no gancho.

– O que aconteceu? – quis saber Hannelore.

– Não sei, mas deve ter sido algo muito grave.

Rudolf discou para a recepção do hotel e pediu uma ligação urgente para a embaixada alemã em Paris.

Noite dos Cristais

9 DE NOVEMBRO DE 1938

Como a esposa de Rudolf havia previsto, e indo totalmente contra a vontade de Hannelore, eles voltaram para Berlim naquela mesma noite. A embaixada informara que um judeu comunista havia atentado contra a vida de um diplomata alemão, deixando-o em situação gravíssima.

Na cabine da primeira classe do expresso Paris-Berlim, Hannelore estava inconformada.

– Você prometeu que ficaríamos uma semana em Paris!

– Esse atentado vai gerar uma crise enorme! Você não consegue entender?

– Isso não afeta em nada a minha vida. Um judeu matou um alemão, e daí? Quantos judeus os alemães já mataram?

– Minha querida, quem você acha que vai dar entrevistas sobre esse assunto em Berlim? Joachim von Ribbentrop! Ele será chamado para esclarecer a situação, mas não estará em Paris, conforme a desculpa que inventamos, e sim na Alemanha!

– Você inventou, não eu!

Quando chegaram à estação, encontraram mais seguranças que de costume. Agentes da Gestapo pediram os documentos do casal. Quando Von Huss mostrou sua identidade, liberaram a passagem na hora.

Hermann Berger estava do lado de fora, aguardando com a porta da Mercedes aberta. Ele e Hannelore trocaram olhares sem que Rudolf percebesse.

– Me deixe em casa, depois leve *Frau* Schmidt para o apartamento – ordenou Huss.

Rudolf chegou na hora certa. A esposa estava ouvindo um depoimento de Von Ribbentrop no rádio. Ele a beijou e ela retribuiu.

– Que loucura o que esse judeu fez!

– Todos os problemas da Alemanha são culpa dos judeus – disse ele, com raiva. "Se não fossem os judeus, eu ainda estaria em Paris com Hannelore."

Hans também ouvira a entrevista de Von Ribbentrop enquanto estava na escola. Ele era mais esperto que a Sra. Von Huss: "Se Ribbentrop está dando entrevistas em Berlim, ele não esteve em Paris", concluiu.

Mas Hannelore tinha sorte, isso era inquestionável. Os fatos que se desenrolaram a seguir jogaram a favor dela.

O dia do atentado coincidiu com o dia do encontro do Partido Nazista em Munique, data em que comemoravam a fracassada tomada de poder dos nazistas em 1923.

Hitler e seu ministro da Propaganda, Joseph Goebbels, aproveitaram os dois fatos e decidiram que aquele era o momento ideal de testar se os alemães estavam preparados para atacar os judeus com violência. Até aquele dia, os ataques orquestrados contra os judeus visavam restringir suas liberdades civis e tomar seus bens materiais – imóveis, lojas, fábricas, automóveis e mais uma infinidade de bens ficaram à disposição do governo ou da população. Mas e quanto à violência física? Estariam os alemães dispostos a atacar os judeus?

O assassinato de Vom Rath foi a desculpa perfeita para encenar uma grande onda de violência, até então sem precedentes na Alemanha.

No evento de celebração do Putsch, Goebbels fez um dos seus famosos discursos antissemitas, no qual espalhava o ódio e incitava as Tropas de Assalto, a SA, e outras milícias nazistas a se unirem à população para atacar sinagogas, residências e o que havia restado das escolas e do comércio judaico. O ministro defendia que aquela era a única forma de se vingar do ataque do judeu "comunista" Herschel Grynszpan contra o diplomata Ernest vom Rath.

Hannelore já estava em seu apartamento quando começou a ouvir gritos e hinos nazistas vindos das ruas. Ao olhar pela janela, viu multidões de alemães militares e civis carregando tochas. A cena era assustadora.

Os alemães quebravam vidraças e janelas dos imóveis dos judeus, e, quando pegavam algum deles na rua, o espancavam. Hans ainda não havia conseguido chegar em casa, tamanho era o caos na cidade.

Hannelore podia ver focos de incêndio pipocando por toda a cidade, a perder de vista. Foi um ato de selvageria sem precedentes em um mundo dito civilizado.

Assustada, ligou para Helga. Queria saber o que estava acontecendo.

– Os alemães estão se vingando do ataque contra Vom Rath – a amiga explicou. – Hoftz está nas ruas participando dos ataques.

Em toda a Alemanha, 267 sinagogas foram incendiadas, milhares de judeus espancados, 91 assassinados a pauladas e quase 30 mil enviados para os campos de concentração alemães. Foi um *pogrom* de dimensões nacionais na Alemanha e na Áustria. Devido às milhares de vitrines e janelas quebradas, que forraram as ruas de cacos, aquele ataque ficou conhecido como "Noite dos Cristais".

Hitler, Goebbels e toda a cúpula do partido nazista ficaram satisfeitos com o resultado do teste proposto. Os alemães estavam preparados para investir fisicamente contra os judeus. As agressões, que começaram com as forças paramilitares e militares da soldadesca, terminaram com o apoio de civis, que saíram às ruas para destruir e atacar os judeus e suas propriedades.

Hans só conseguiu chegar em casa no dia seguinte.

– Os judeus aprenderam a lição, nunca mais vão nos atacar – ele comentou com Hannelore.

– Você tinha razão. Os judeus são o mal do mundo – respondeu a esposa. "Se não fosse por eles, eu ainda estaria em Paris", pensou consigo.

Feliz Natal

3º DEGRAU

A situação dos judeus na Alemanha ficava cada vez mais perigosa, quase insustentável.

Poucos dias antes do Natal, Rudolf pensava em quais presentes daria às suas duas mulheres, quando a secretária bateu na porta, trazendo-lhe a solução.

– Dr. Von Huss, o Sr. Samuel Goldberg quer falar com o senhor.

– Não tenho nada para falar com judeus! – respondeu, rispidamente.

– Ele insiste. Disse que tem algo que pode interessá-lo.

Rudolf lembrou que Samuel havia sido dono de uma joalheria.

– Mande-o entrar.

Um homem abatido, com o terno puído e o ar cansado, entrou humildemente no escritório do advogado. Estendeu a mão para cumprimentar o velho amigo, mas sua mão ficou parada no ar. O advogado Von Huss não encostaria em um judeu.

– Fale logo, Samuel, não tenho tempo a perder com gente da sua laia – disse rispidamente.

– Dr. Von Huss, consegui um visto para a Bolívia e vou embora da Alemanha. Preciso de dinheiro para comprar as passagens de toda a família – começou ele, com educação.

– Isso é problema seu. O que essa história tem a ver comigo? – respondeu Von Huss, já enfastiado e sem interesse. – Se você veio aqui para me dizer isso, boa viagem. Preciso voltar ao trabalho.

– Não vim para isso. Tenho uma mercadoria que pode lhe interessar.

A expressão de Rudolf se suavizou.

– Este colar de diamantes – disse Samuel, tirando uma embalagem de veludo do bolso e colocando-a sobre a mesa – e este solitário.

As pedras brilhavam como a luz do sol. Eram diamantes grandes e puríssimos, da melhor qualidade.

– Foram lapidados pelos melhores profissionais de Antuérpia – completou o joalheiro.

– Você está me envolvendo no mercado negro? – perguntou o advogado, fingindo-se de ofendido.

– O senhor sabe que todo o nosso dinheiro foi confiscado. De que adianta eu ter um visto se não consigo comprar as passagens para deixar o país com minha família?

– E quanto você quer por isso? – perguntou, tentando demonstrar pouco interesse.

Em tempos de paz, o preço daquele colar equivaleria ao de uma boa casa. Mas aqueles não eram tempos de paz, e os judeus precisavam se desfazer dos seus bens o mais rápido possível. E nenhum ariano pagava a um judeu o que a mercadoria realmente valia.

Rudolf queria dar o colar para a esposa e o solitário para a amante. Samuel precisava de dinheiro suficiente para as passagens e um pouco mais para começar a vida na Bolívia. Fecharam rapidamente o negócio.

– Pronto, agora você já pode sumir do meu país – finalizou, com desprezo.

O professor Hans havia acabado de dar a última aula antes das férias. Pegou o bonde para casa e desceu na Kurfürstendamm. Enquanto caminhava, pensava em como falar para a esposa que eles deveriam passar as festas de fim de ano em Lilienthal.

– Nem pensar! – ela respondeu de imediato. – Já disse que não piso mais naquela cidade!

– Mas é Natal! Nunca mais encontraremos nossos parentes? – insistiu o professor.

– Não vou – ela estava irredutível.

– E se nós os convidarmos para virem a Berlim?

– Você ficou louco? Chamar aquele bando de caipiras para vir à minha casa? Para sujar meus tapetes?

– São seus pais, seus irmãos! Eles adoram você – tentou argumentar.

– Às vezes eu me pergunto como um professor pode ser tão burro! Vindo ou não aqui, eles não vão deixar de ser meus pais, mas não quero esse bando de gente suja e ignorante na minha casa. O lugar deles é em Lilienthal, que fiquem por lá – disse, sem nenhum remorso. – Nunca fizeram nada por mim, por que eu faria algo por eles?

Hans estava chocado, mas sabia que não adiantava discutir. Quando Hannelore decidia alguma coisa, ela não voltava atrás.

– Eu gostaria de passar o Natal com eles – retrucou o professor, enchendo-se de coragem.

– E quem te impede? Pegue o trem e vá. Se você está com saudades do fedor e das ruas enlameadas daquela cidade, faça bom proveito. Você é igual a eles, então vá, passe o Natal em Lilienthal. – Ela queria que ele fosse, assim poderia ficar sozinha com o motorista. Esse era seu plano: uma noite de sexo ardente com Hermann.

Na manhã seguinte, Hans pegou o trem.

À noite, Rudolf foi buscá-la para jantar. No requintado restaurante, casais se beijavam em público, champanhe transbordava das taças, mulheres desfilavam com vestidos justos e pedras brilhantes faiscavam por todo o lugar.

– Você vai me deixar sozinha na noite de Natal? – Hannelore perguntou quando se sentaram, fingindo decepção.

– Minha querida, você sabe que é impossível eu não passar a ceia com minha família – Rudolf tentou justificar.

– Não fui para Lilienthal com Hans para passar o Natal com você. É uma noite muito importante para mim. Por favor, não me deixe sozinha!

Rudolf acreditava na mentira, mas precisava passar o Natal com a família. Era a tradição dos Von Huss.

– Seria nosso primeiro Natal juntos – ela sussurrou. – E quero te dar um presente que guardo há meses...

O advogado sentiu um arrepio percorrer seu corpo.

– Eu sempre serei a outra, não é? É difícil me acostumar com isso. – Por debaixo da mesa, ela colocou a mão entre as pernas dele. – Mesmo assim, pensei em algo muito especial para você.

Rudolf estava perdendo o fôlego.

– Você é muito importante para mim, Hanne. Mas o que está me pedindo é simplesmente impossível.

– Então me leve à sua festa!

"Como eu poderia levá-la à minha ceia de Natal, com toda a família reunida?", ele pensou assustado.

– Como? O que vou dizer à minha esposa?

– Diga a verdade: que meu marido precisou ir para Lilienthal e que eu fiquei em Berlim para trabalhar. Então, para não passar a ceia sozinha, você me convidou para ir à sua casa. Aprendi com o meu pai que falar a verdade é sempre a melhor escolha.

– Me peça qualquer coisa, menos isso – disse Rudolf, já prevendo que aquilo custaria muito caro.

Hannelore nunca começava uma discussão sem saber aonde queria chegar.

– Bem – ela começou –, para compensar minha ceia solitária, você precisa me dar um presente maravilhoso. Mas muito maravilhoso *mesmo*. Lembre-se que passarei a noite sozinha no meu apartamento, enquanto você se diverte com a sua esposa.

O advogado percebeu que sua única saída seria trocar os presentes. O colar de diamantes iria para Hannelore.

Ele beijou a amante.

– Meu amor, prometo que você será muito bem recompensada.

Ela não tinha dúvidas disso. Satisfeita, deu um longo beijo em Rudolf.

Dois dias depois, na tarde do dia 24, Rudolf abriu a gaveta da escrivaninha e pegou o colar de diamantes. Antes de ir para casa, passou no apartamento de Hannelore.

Ele tinha as chaves, sabia que o marido não estava e entrou. Deu-lhe um beijo, desejou feliz Natal e, em seguida, a vendou com um lenço de seda.

Pegando a amante pelas mãos, ele a guiou até um espelho bizotê de corpo inteiro que ficava no quarto do casal e a despiu.

Parou atrás dela. Nenhum dos dois dizia nada.

Passados longos segundos de ansiedade, ela sentiu pedras frias tocarem seu peito. O peso em seu pescoço também era considerável. Ficou arrepiada. O advogado viu os pelinhos se eriçarem.

Lentamente, ele desatou o nó do lenço que a vendava.

Hannelore abriu os olhos e quase caiu ao se deparar com o colar de diamantes de duas voltas que terminava no meio dos seus seios. Eram pedras grandes e brilhantes que realçavam ainda mais sua beleza. Sem conseguir falar, seus olhos se encheram de lágrimas. Passou a mão nas pedras, sentindo ao mesmo tempo o gelo dos diamantes e o calor do presente. Seus mamilos se enrijeceram; ela experimentava um prazer imenso. Virando-se de supetão, agarrou Rudolf pela cabeça e o enterrou entre seus seios. Então, sentou-se na cama e baixou-o ainda mais. Deitada de costas, deixou que ele a fizesse gozar enquanto esfregava os diamantes nos seios. Foi a primeira vez que teve um orgasmo com Rudolf.

Hannelore jamais imaginou que um colar de diamantes pudesse ser tão excitante.

Uma hora depois, Rudolf se vestiu para ir embora. Tinha que correr para casa. Ela o acompanhou até a porta, completamente nua, usando apenas o colar. Aquela era a imagem mais bela e erótica que o advogado já tinha visto.

Rudolf entrou no carro e pediu que o motorista o levasse para casa. Não percebeu que Hermann o olhava com desprezo. Depois de deixar o patrão, voltou para o apartamento de Hannelore e tocou a campainha. Ela abriu a porta ainda nua, os diamantes brilhando nos seios e ofuscando o motorista. Pela primeira vez, ela e o motorista transariam em outro lugar que não o banco de trás da Mercedes. Esse seria, até então, o melhor Natal da sua vida.

– Parabéns! É um belo presente – disse Hermann, espantado com o talento da jovem.

"De fato não é nada mau para uma garota de 20 anos", ela pensou enquanto o puxava para o quarto. Tinha acabado de subir mais um degrau.

A neve caía com força em toda a Alemanha. Em Berlim, a polícia arrancava os judeus de casa e os obrigava a limpar as calçadas.

Em Lilienthal, um manto branco cobria as ruas.

– Por que Hannelore não veio? – quis saber o tio de Hans, que o buscara na estação.

O professor inventou uma desculpa qualquer para justificar a ausência da esposa. Não queria e não podia dizer a verdade.

Na noite de Natal, as famílias Schmidt e Schultz se reuniram para comemorar. Hans era o centro das atenções: todos se orgulhavam do professor que havia se casado com a moça mais bonita da cidade, conseguido um emprego em Berlim e subido na vida.

O professor respondeu pacientemente a todas as perguntas. Tentava não mentir, mas omitir. Naqueles dias voltou a se sentir feliz, em casa, acolhido por familiares e amigos. Estava no seu espaço, entre os seus. Livre da falsidade e do jogo de mentiras que vivia com a esposa.

Hans entendeu que precisava continuar a história criada por Hannelore.

Na mansão dos Von Huss, em meio ao luxo, a esposa de Rudolf ganhava um valioso solitário e agradecia aos céus pelo marido maravilhoso.

No apartamento de Hannelore, a luxúria era o prato principal da ceia.

Em toda a Alemanha, o vento gelado do inverno traria consigo a tempestade da guerra. O próximo Natal em tempos de paz no mundo só aconteceria seis anos depois, em 1946.

Guerra!

— Professor, ouvimos no rádio que nosso *Führer* está se preparando para entrar em guerra. É verdade?

— Se a Europa insistir em prejudicar a Alemanha novamente, não teremos alternativa — respondeu Hans. — Já fomos injustiçados durante a Primeira Guerra, em 1914, e desta vez não permitiremos um novo ataque covarde.

O professor Schmidt, antes um pacifista, havia adotado uma postura beligerante e acreditava cada vez mais na propaganda nazista. A História havia sido reescrita segundo os interesses do partido e as mentiras do Ministério da Propaganda de Goebbels.

Hans, assim como os demais professores, seguia a nova cartilha que afirmava que, em 1914, a Alemanha tinha sido covardemente atacada pela França e seus aliados. Ele acreditava que as indenizações de guerra haviam sido vilmente impostas para explorar o povo alemão com a colaboração do judaísmo internacional.

— Nunca mais deixaremos que abusem da nossa pátria! Sangue alemão inocente não será derramado. Nosso Exército está forte e faremos de tudo para defender nosso país — pregava Hans. — E vocês, da Juventude Hitlerista, farão parte desse processo.

O país todo se deixava levar por esse chauvinismo. Nos cinemas, os filmes encorajavam a população a pegar em armas para defender a pátria. Cartazes pelas ruas mostravam os arianos como semideuses. Uma campanha constante, muito bem-formulada, criou o mito do ariano superior, que foi acatado por muitos. Deslocado em Berlim, longe da família e cada vez mais humilhado pela esposa, Hans sentia uma necessidade de fazer parte de um grupo forte e poderoso, e o nacional-socialismo surgia como a melhor forma de integração. Nos últimos meses, vinha considerando a hipótese de se alistar ao Exército.

– Acho uma excelente ideia – disse Hannelore ao ouvir o marido. – Você daria um excelente soldado.

Com Hans no Exército, vivendo distante em algum campo de batalha, sua vida ficaria muito mais fácil. Poderia receber Hermann em casa e teria mais liberdade para circular com Rudolf. Chegou a desejar que a guerra começasse logo e que Hans levasse um tiro bem no meio da cara.

Durante um almoço com o amante, ela quis saber se a guerra era mesmo uma possibilidade real.

– Eu acredito que sim – disse o advogado.

– E se isso acontecer, você também irá lutar?

– Não, minha querida – ele riu. – Na minha posição, sou mais útil servindo como civil.

Hannelore não entendeu o que Rudolf quis dizer, mas isso não importava. O que ela queria era garantir que ele continuasse bancando seus luxos, pagando suas contas e oferecendo-lhe uma generosa mesada. Até que conseguisse subir um novo degrau, o advogado era perfeito para ela.

Era madrugada quando o telefone tocou na residência dos Von Huss. O advogado saiu da cama e foi até a sala atender.

– Alô?

A esposa, que também havia acordado com o barulho, quis saber quem era àquela hora. Rudolf tampou o bocal com a mão:

– É do gabinete de Martin Bormann – sussurrou.

– O secretário do *Führer*? O que ele quer?

– Não tenho a menor ideia. Por que ligaria a essa hora?

O outono havia acabado de começar e já fazia frio novamente em Berlim. Enquanto a cidade dormia, o casal Von Huss continuava aguardando que alguém falasse ao telefone.

A ansiedade tomava conta de Rudolf e de sua esposa, que apenas trocavam olhares.

De repente, ouviram um sinal do outro lado da linha.

– Alô? Sim, sou o advogado Von Huss.

Ele se virou para a esposa:

– É o assistente de Bormann.

Rudolf apenas ouvia, concordando vez ou outra com monossílabos. Sua expressão era grave, séria.

– O que foi? O que aconteceu? – perguntava a esposa, ansiosa.

O advogado agradeceu e se despediu, colocando o telefone no gancho. Quando falou, seu tom era de preocupação.

– Acabamos de invadir a Polônia. É guerra. Ligue o rádio agora.

As notícias diziam que a Alemanha tinha reagido a um ataque dos poloneses na fronteira. Vários soldados alemães haviam sido mortos, e o Exército revidou com vigor, invadindo o território polaco. Essa era a versão oficial divulgada pelas rádios, mas é claro que era mentira. Mais tarde, a História provou que os soldados alemães mortos eram, na verdade, poloneses retirados das prisões alemãs e vestidos com o uniforme da Wehrmacht. Os dois países viviam se ameaçando, mas a Polônia não tinha o menor interesse em iniciar um confronto: ciente do poderio do Exército alemão, o país dependeria da Inglaterra e da França para se defender. Rudolf tinha ouvido a versão verdadeira. A Luftwaffe, comandada por Hermann Göring, havia invadido o espaço aéreo da Polônia e despejado uma chuva de bombas. Enquanto isso, a Wehrmacht invadia o território por terra com seus tanques Panzer, naquele que seria o primeiro ato do *Blitzkrieg* – ou "guerra relâmpago", como passou a ser conhecida a estratégia alemã de conquista. Os poloneses se defendiam como podiam, mas não eram páreos para o poderio nazista.

Quando Hans acordou, olhou pela janela e notou que a cidade estava estranhamente agitada. Carros militares corriam em todas as direções. Ligou o rádio para saber o que estava acontecendo e ouviu as notícias da guerra. Ele correu para acordar a esposa.

– Hannelore, a guerra começou! A Alemanha invadiu a Polônia!

Voltando à sala para ouvir o rádio, gritou para a jovem:

– Se a Inglaterra e a França cumprirem o acordo, vão declarar guerra à Alemanha, e o conflito vai crescer exponencialmente. Mas a Alemanha está preparada para enfrentar qualquer país. Temos o melhor e mais poderoso exército do mundo! – Ele estava orgulhoso.

Hannelore se levantou e foi preparar o café da manhã. Vestia apenas um roupão leve e transparente, e Hans ficou admirando suas formas. Após dois anos de casamento, seu corpo estava mais delineado, suas curvas mais acentuadas, seus seios maiores e mais bonitos. A boa vida que levava, livre do esforço físico que precisava fazer em Lilienthal, cercada de bons produtos de beleza, contribuíra para que ficasse mais bonita, mais feminina, mais sensual. Hannelore só melhorava com o tempo.

Às vezes, Hans imaginava como seria bom se a vida com Hannelore voltasse ao normal, mas sabia que isso já não era mais possível. A esposa queria dinheiro e poder, algo que ele jamais poderia lhe dar.

Ela, por outro lado, imaginava como a guerra poderia trazer mais benefícios para a sua vida. Ela achava que, a partir daquele dia, os militares teriam mais poder e oportunidades de ascensão. Precisava ficar atenta.

As rádios continuavam divulgando a falsa informação de que a Alemanha havia reagido a um ataque polonês.

– Vou à escola. As aulas provavelmente foram suspensas, mas quero discutir algumas medidas com meu grupo da Juventude Hitlerista – disse Hans, observando que aviões cruzavam o céu em direção ao leste.

Hannelore se vestiu para sair. Não ficaria trancada em casa e nem tinha interesse em ouvir as notícias, muito menos o discurso do *Führer*. Achou que, estando todos ocupados com a guerra, Hermann seria uma boa distração.

Ao chegar à esquina da Kurfürstendamm, viu um grupo de judeus sendo maltratado. Dois homens, três mulheres e uma criança de aproximadamente 10 anos estavam de joelhos, limpando a calçada apenas com um balde de água e escovas de dente. Ao redor, alemães se divertiam com a cena, humilhando o grupo. Ela ficou incomodada com aquilo.

– Não sabia que ainda havia judeus na Alemanha – um homem comentou com outro.

– Esses ratos não acabam! Já deviam ter ido embora há muito tempo. O *Führer* é muito condescendente.

A jovem apressou o passo. Não entendia a origem daquele ódio aos judeus e estava mais interessada em cuidar da própria vida.

Chegando ao escritório de Rudolf, as secretárias a cumprimentaram com respeito.

"Como o mundo dá voltas! Antes, essas mulheres me tratavam como uma camponesa ignorante. Agora, desdobram-se em cortesias para me agradar. Me tratam como se eu fosse a patroa", pensou ela, parando na recepção para perguntar sobre Rudolf.

– O Dr. Von Huss não está. Ele foi ao Ministério de Relações Exteriores buscar informações mais precisas sobre a guerra – informou uma secretária.

– Estou preocupada com meus pais. Um dos meus irmãos foi convocado pelo Exército e eu queria saber notícias dele – ela mentiu. – Pensei em visitá-los hoje, o motorista está livre?

– Foi *Herr* Berger quem levou o doutor ao ministério, mas ele já deve estar voltando.

– Será que ele poderia me levar até Lilienthal? – choramingou Hannelore, parecendo desolada.

– Claro. *Herr Doktor* Von Huss vai entender perfeitamente sua preocupação com a família.

– Se vocês acham que não tem problema, fico muito agradecida. Estou tão preocupada com a minha mãe que estava pensando em pegar o trem, mas não sei se estão funcionando.

A secretária olhou pela janela.

– O motorista já voltou. Está estacionando na frente do prédio.

Hannelore se despediu das funcionárias e desceu. Quando Hermann a viu caminhando em sua direção, abriu um sorriso e a porta do carro.

A secretária, que continuara olhando pela janela, viu toda a cena. Ela tinha certeza de que os dois tinham um caso – seu instinto não costumava enganá-la. "O Dr. Von Huss não sabe com quem está se metendo."

Ao entrar no carro, Hannelore levantou a cabeça e seu olhar encontrou o da funcionária. Ela entendeu imediatamente que a mulher sabia da relação entre ela e Hermann.

– A madame quer visitar os pais? – Hermann perguntou, irônico.

– Sim, Sr. Berger, estou com muitas saudades deles – respondeu ela, rindo.

O carro partiu pelas ruas de Berlim. Havia mais soldados que o normal. A guerra já tinha mudado a cara da cidade.

– Vamos para um lugar diferente, Hermann. Procure um hotelzinho na estrada, não quero fazer sexo com você nesse carro hoje.

– É muito arriscado. Os hotéis são obrigados a registrar os nomes dos hóspedes, e é a Gestapo que controla essas informações. Se dermos nossos nomes, existe o risco de chegar aos ouvidos do advogado.

– Então vamos para a sua casa.

Hermann a olhou pelo retrovisor.

– Você vai achar simples demais.

– Você não tem ideia de como é a casa onde cresci – respondeu Hannelore, remoendo seu passado.

Sem dizer mais nada, Hermann manobrou o carro e dirigiu em direção ao seu apartamento.

A Mercedes parou na frente de um prédio bem simples na periferia de Berlim. Os dois subiram três lances de escada e entraram em um apartamento minúsculo. Tinha uma sala e uma cozinha.

– O banheiro fica no final do corredor – ele informou.

– Onde eu cresci, o banheiro era um buraco no chão do quintal.

– Você nunca voltou lá? Nunca mais viu seus pais?

– Não. Nem falei com eles – ela respondeu.

– Nem mandou uma carta? – Hermann estava espantado com a frieza de Hannelore.

– Não. Quero esquecer, apagar o passado.

– Eles devem estar preocupados, desejando ter notícias suas.

Sem dizer mais nada, Hannelore começou a tirar a roupa.

O motorista sentiu um frio na espinha. Ela era muito mais calculista do que ele imaginava, e entendeu que faria qualquer coisa para alcançar seus objetivos. Deixar os pais para trás foi apenas um passo em direção à ascensão social. O marido Hans, o amante Rudolf, e até ele mesmo, seriam descartados quando não tivessem mais utilidade.

Hermann, que era um pouco mais sensível, achou que a família de Hannelore não merecia esse sofrimento. Decidiu que seria a ponte entre ela e os pais. Escreveria para eles de tempos em tempos contando apenas as coisas boas; omitiria os detalhes sórdidos, as traições, as jogadas que ela armava para conseguir o que queria. Faria uma espécie de diário para que os pais acompanhassem a vida da filha na capital.

Hannelore deitou-se na cama e esperou por Hermann, que, vendo a cena, sentiu um misto de medo e prazer.

Os dois se beijaram com brutalidade, como se quisessem engolir um ao outro. O sexo entre eles era sempre assim, intenso e violento. Não havia delicadeza entre os dois: ele entrava com força e ela exigia que fosse mais rápido, mais forte. Com as unhas cravadas nas costas um do outro, eles urravam como animais. Era completamente diferente do jeito que Rudolf e Hans faziam. Hannelore sentiu uma vontade incontrolável de agredir Hermann, e deu-lhe um tapa no rosto com toda a força. O motorista ficou surpreso e reagiu na hora, batendo com força no rosto dela e cortando seu lábio, que começou a sangrar. O gosto ferroso encheu sua boca. Hannelore revidou, e Hermann ficou furioso. Agarrando-a, ele a colocou de quatro e a penetrou com violência, dando-lhe palmadas por trás. Ela gemia e pedia mais. Gostava de sua mão pesada e grossa, como um chicote, e sentia prazer com os tapas. Depois de vários minutos, os dois gozaram e caíram na cama, extasiados. Hannelore estava toda marcada.

"Isso não vai acabar bem", ele pensou.

Hans se alista

A Inglaterra e a França repudiaram oficialmente a invasão da Polônia. Seguindo os procedimentos acertados no acordo entre os dois países, declararam guerra à Alemanha. O movimento, no entanto, só valeu na teoria. Na prática, nenhum dos dois países enviou soldados para ajudar os poloneses. Não dispararam um tiro sequer.

Hitler não moveu uma ruga de preocupação com a ameaça franco-britânica. Para ele, só valia o argumento das armas.

No dia 23 de setembro, a União Soviética aproveitou que a Polônia combatia os alemães na frente ocidental e a invadiu pelo lado oriental.

No dia 27 do mesmo mês, os poloneses se renderam, com o país dividido entre nazistas e comunistas. Terminava a independência da Polônia.

Ao longo dos primeiros meses, a guerra mudou pouco a vida dos alemães. Logo tudo voltou ao normal: Hans estava de volta à escola, Hannelore às lojas, Rudolf ao escritório e Hermann se dividindo entre as tarefas de motorista e amante.

O Exército nazista continuava a crescer e se armar. Os jovens, empolgados com os discursos nacionalistas e beligerantes do governo, desejavam lutar pela pátria e atender ao apelo de Hitler de expandir as fronteiras.

Para Hans, a ideia de se alistar e fugir da situação humilhante em que se encontrava tornava-se cada vez mais concreta. Tentava criar coragem para entrar no Exército.

Hermann, ao contrário, queria evitar a convocação. A última coisa que desejava era tomar um tiro e morrer pela pátria. Gostava da vida que levava: tinha um trabalho leve, se divertia com Hannelore e não faltavam outras garotas. Agora que milhares de homens estavam na Polônia ou estacionados nas fronteiras da Alemanha, defendendo a pátria de um imaginário ataque franco-britânico, as alemãs, solteiras ou casadas, eram presas fáceis de suas habilidades de conquistador.

Hannelore continuava a frequentar festas com o advogado.

– É impressão minha ou tem cada vez mais militares nesses eventos? – perguntou, fingindo desinteresse.

– O Exército, a Marinha e a Aeronáutica estão se fortalecendo, assim como a SS. Eles estão ganhando cada vez mais poder na sociedade alemã – respondeu Rudolf com um tom de inveja, acreditando que podia confiar essa queixa a Hannelore. Mal sabia que, em breve, essa afirmação seria usada contra ele.

– Mas a guerra não acabou?

– Minha querida, a guerra está só começando. O que mais cresce na Alemanha atualmente é a indústria de armamentos, e os militares têm papel fundamental nesse mercado. A guerra, em curto prazo, é um excelente negócio. Só espero que Hitler não decida invadir outros países tão cedo. Não acho bom lutarmos em várias frentes – confidenciou.

Hannelore ouvia com atenção. Sua intuição estava correta: se os militares ganhavam cada vez mais poder, era ali que estaria o ouro. E se o vento mudava de direção, era hora de reorientar as velas. A jovem alemã guardava todas as informações que conseguia. No futuro, qualquer coisa poderia ser útil.

Ela comprovou o crescimento do poderio dos militares, sobretudo da SS, quando foi convidada por Helga a conhecer a nova casa que montara com Hoftz. Era um imóvel imenso, de dois andares, em frente ao Tiergarten. Helga já tinha um filho e esperava outro. O partido premiava casais férteis.

– A melhor coisa que eu fiz foi me casar com um oficial da SS. Você devia pensar nisso também. Por quanto tempo você e Rudolf ainda vão ficar juntos? Ele nunca vai deixar a esposa para se casar com você. Ele é nobre, e você, uma caipira – disse Helga com franqueza, pensando no bem da amiga. – Se algo acontecer e vocês se separarem, o que vai fazer? Arrumar outro amante? Começar tudo de novo? Você precisa de estabilidade.

– Talvez você tenha razão – respondeu Hannelore.

– O que está esperando?

Hannelore não estava esperando nada. Já tinha tudo planejado, mas não compartilhava suas intenções nem com a melhor amiga.

Primeiro, tinha que se livrar de Hans, mas sabia que, por raiva e desejo de vingança, ele não daria o divórcio. Também sabia que Rudolf nunca iria se separar para se casar com ela. Precisava encontrar outro pretendente.

– Não demore muito, minha amiga. Virtudes como as nossas perdem valor com o tempo, se é que me entende – disse Helga.

A solução para se livrar de Hans começou a surgir no dia 9 de abril de 1940, quando a Alemanha mais uma vez surpreendeu o mundo ao atacar a Dinamarca e a Noruega. Dessa vez, não havia a desculpa de que havia sido atacada primeiro.

A máquina de guerra alemã parecia imbatível: em poucos dias, os dois países foram conquistados. A força do nacionalismo só aumentava.

– Está decidido. Vou me alistar – disse Hans certo dia.

Aquela era uma notícia que Hannelore esperava havia muito tempo. Com Hans no Exército, teria mais liberdade e mais tempo para procurar um substituto para Rudolf.

– O que você acha? – Ele quis saber a opinião da esposa.

É claro que ela achava excelente. Assim, quem sabe ele não desapareceria em um campo de batalha, deixando-a livre para fazer o que bem entendesse.

No entanto, se demonstrasse interesse na decisão, ele poderia mudar de ideia só para contrariá-la.

– Isso é algo que não posso decidir por você e nem te ajudar. Mas lembre-se que você é professor, não soldado – ela alfinetou, como se ele não fosse bom o suficiente para o Exército.

– Com o treinamento adequado, posso me tornar um bom soldado – retrucou ele, ofendido.

– É preciso muita força física e espírito de guerra. O campo de combate é um ambiente extremamente violento. Você acha que aguenta? – Hannelore mexia com os brios do marido, manipulando-o na direção que ela desejava.

– É claro que eu aguento!

– Só acho que o Exército não é para qualquer um...

– É inacreditável como você me subestima!

– Pense, Hans. E se você levar um tiro? É isso o que você quer?

– Se precisar, darei minha vida pela pátria. Estamos em guerra, Hannelore. A Alemanha precisa de todos os homens possíveis para somar ao Exército.

A vontade dela era gritar para que ele fosse o quanto antes.

– Já que você não me dá ouvidos, vá até Lilienthal e fale com seu tio. Ele saberá te aconselhar melhor do que eu. – Hannelore tinha certeza de que o tio de Hans apoiaria o alistamento. Afinal, ele mesmo havia lutado na última grande guerra e se orgulhava do passado militar.

– Boa ideia. Irei até lá amanhã.

Em Lilienthal, o tio não pensou duas vezes:

– Seu pai, se estivesse vivo, se orgulharia da sua decisão. Ele também deu a vida pela pátria.

Hans não queria morrer, mas o argumento do tio havia sido definitivo. Saindo de lá, se alistou imediatamente.

Um mês depois, o professor foi chamado para começar os treinamentos em Munique. Hans e Hannelore se despediram friamente: ela desejou boa sorte e ele apenas agradeceu. Os dois compartilhavam um pressentimento de que nunca mais se veriam.

Estrela de cinema

Hannelore estava saindo da banheira quando o telefone tocou.

– Alô?

– *Frau* Schmidt? – perguntou uma voz feminina.

– Sim. Com quem eu falo?

– Aqui é a secretária de *Frau* Riefenstahl. Ela gostaria de convidá-la para um teste em nosso estúdio.

Hannelore não lembrava quem era *Frau* Riefenstahl. O nome era familiar, mas não conseguia associá-lo a ninguém que conhecia e não tinha a menor ideia de que teste seria aquele.

– Perfeitamente. Poderia me passar seu telefone, o dia e a hora do teste para eu consultar minha agenda? – mentiu Hannelore, querendo ganhar tempo.

A secretária passou as informações.

– Volto a ligar em um minuto.

Hannelore ligou para Helga:

– Quem é *Frau* Riefenstahl, que é dona de um estúdio?

A amiga não acreditou na pergunta.

– Como assim *quem é Frau* Riefenstahl? É simplesmente a maior diretora de cinema do mundo!

Hannelore se lembrou, então, do encontro na pré-estreia do filme *Olympia*.

– Ela ligou para marcar um teste – contou sem alarde.

– Leni Riefenstahl quer fazer um teste de cinema com você? – perguntou a amiga, pronunciando pausadamente cada palavra.

– Leni Riefenstahl quer fazer um teste de cinema comigo – Hannelore repetiu pausadamente, imitando a outra.

– Você sabe o que isso significa? – A empolgação de Helga era enorme.

– Claro que sei!

– Isso é incrível!

– No evento da pré-estreia, ela disse que ficou muito impressionada comigo e que um dia me convidaria. Mas achei que tivesse se esquecido de mim – comentou, quase com displicência.

– Impossível esquecer alguém como você. Boa sorte com o teste!

– Obrigada, mas não tenho nenhum interesse em trabalhar no cinema, nem em ser atriz.

– Hanne, isso não é apenas *cinema*. É Leni Riefenstahl! – Helga estava maravilhada com a proposta.

Na verdade, não era exatamente trabalhar no cinema que incomodava Hannelore. Ela não gostava de aparecer, de tirar fotos, de se destacar. Estrelar um filme era a última coisa que desejava. Nos eventos a que ia com Rudolf, sempre se escondia dos fotógrafos.

– Você devia pelo menos fazer o teste – insistiu a amiga.

Convencida de que era o melhor a fazer, Hannelore ligou e marcou o encontro.

No dia do teste, chegou pontualmente ao estúdio. A recepção ficava em um amplo salão branco, muito iluminado, com as paredes forradas de cartazes de filmes. Os móveis eram modernos, de linhas retas.

Hannelore foi recebida por uma elegante secretária, que a guiou por um longo corredor até uma porta dupla. A jovem entrou sozinha.

O escritório de Leni era uma grande sala com pé direito duplo, as paredes decoradas com fotos de vários artistas do cinema alemão. Dois grandes retratos de Hitler e Goebbels, ambos com dedicatórias, destacavam-se atrás de sua mesa de trabalho.

Em meio aos roteiros espalhados pela sala, dois sofás de couro formavam um ambiente mais íntimo.

Leni se levantou para receber Hannelore. Vestia uma blusa larga e calças brancas tão compridas que encobriam os sapatos. A jovem reparou que ela usava um par de brincos com enormes diamantes e um colar de ouro muito pesado. Tinha os cabelos bem loiros cortados na altura do pescoço. Ao se cumprimentarem, as duas se olharam fixamente nos olhos. Hannelore achou Leni muito bonita, os olhos azuis escuros e profundos. Uma mulher poderosa.

A diretora não disfarçou o encanto ao revê-la, e não soltava a sua mão.

– Fiquei surpresa com seu convite. Achei que tivesse me esquecido – disse Hannelore, fazendo charme.

– Ninguém esquece uma mulher tão bonita – galanteou Leni. – Você me marcou muito, mas estive bastante ocupada desde o nosso encontro, por isso não pude ligar antes. Você está ainda mais linda, ainda mais mulher. Deslumbrante!

– Obrigada. Você também está ótima.

Leni apontou os sofás, sugerindo que se sentassem.

Hannelore não precisou de muito tempo para entender aonde ela queria chegar.

Os elogios continuaram.

– Estou procurando um rosto novo para meu filme e acho que você tem o perfil ideal.

– Fico muito lisonjeada e agradecida, mas a verdade é que não tenho talento nem pretensões de ser atriz. Sou muito tímida – inventou, tentando se desvencilhar da oferta.

A diretora, no entanto, tinha um sexto sentido e percebeu que ela mentia. Hannelore vivia atuando, não tinha nada de tímida. Aos olhos de uma cineasta experiente, isso não passou despercebido.

Leni pegou o interfone e pediu à secretária que trouxesse uma garrafa de champanhe. Poucos minutos depois, um mordomo entrou com um balde de gelo e duas taças.

Hannelore ficou pensando se não devia contratar um mordomo também.

Beberam um pouco e a conversa logo ficou mais descontraída. A diretora tentava extrair algumas informações de Hannelore, mas a jovem sempre dissimulava ou mentia. Mesmo sendo muito boa nisso, não conseguia, contudo, enganar Leni Riefenstahl.

– A carreira de atriz pode te abrir muitas portas na Alemanha – provocou a cineasta.

"Abrir as pernas também abre portas", pensou a jovem, divertindo-se.

As portas, aliás, interessavam-na muito, mas a visibilidade que estrelar um filme lhe daria era tudo o que Hannelore gostaria de evitar. Queria se manter anônima. Afinal, sabia que o tipo de vida que levava exigia discrição.

– Agradeço muito, mas realmente sou bastante tímida.

– Joseph Goebbels adora atrizes de cinema. E ele sempre ajuda suas pupilas a subir na vida. – A diretora foi direto ao ponto.

Hannelore ouvia calada.

Leni se aproximou e passou as mãos nos cabelos da garota.

– Seu rosto ficará ainda mais belo em um telão. Todos os homens vão se apaixonar por você, minha querida. Irá despedaçar corações no Reich.

– Eu já faço isso – disse Hannelore com um sorriso malicioso. Havia entendido aonde a diretora queria chegar.

Então, para a surpresa de Leni, a jovem se aproximou e a beijou na boca.

As duas se agarraram com vigor, quase se engolindo em beijos intensos. Logo estavam nuas, trocando carícias. Era a primeira vez que Hannelore tinha um corpo feminino nas mãos, e, a princípio, estranhou um pouco a experiência. O corpo de Leni era liso, sem pelos ou músculos. Mas, mesmo não estando acostumada àquilo, decidiu se entregar à situação. Com suas mãos macias e delicadas, Leni tinha a vantagem de alcançar seus pontos sensíveis com mais facilidade. Sentindo prazer naquilo, deixou-se levar. Depois de algum tempo, as duas atingiram o orgasmo.

– Acho que passei no teste – riu Hannelore.

– No primeiro teste, sim – respondeu Leni, também sorrindo. – Agora só falta o das câmeras.

A diretora ligou novamente para a secretária e mandou preparar o *set* de filmagem.

As duas se vestiram e ajeitaram os cabelos rapidamente. Tirando um batom da bolsa, Hannelore perguntou por um espelho.

– Não se preocupe com isso. Meu maquiador vai cuidar de você.

Hannelore se saiu incrivelmente bem nos testes. Mesmo com toda a equipe em volta, mesmo sob o olhar rígido e profissional de Leni, ela se sentira à vontade na frente das câmeras.

Ao ver o copião, a diretora ligou animada para dar as boas notícias:

– Você ficou maravilhosa! É uma artista nata. Insisto que aceite o papel principal.

Hannelore estava honrada com o convite. Qualquer garota no seu lugar daria pulos de alegria e diria sim na mesma hora, antes mesmo de ver o contrato. Mas esse não era o caso dela. Precisava dar um jeito de sair daquela situação sem desrespeitar a famosa diretora.

– Se você não se incomodar, gostaria de lhe dar essa resposta mais tarde. Vou conversar com a minha família, preciso consultar meu pai e meu marido – mentiu, tentando ganhar tempo para achar uma boa saída. – Posso te ligar amanhã?

Apesar de surpresa e um pouco decepcionada, Leni acabou aceitando. Era a primeira vez que uma garota recusava um convite seu. Por outro lado, não iria implorar nada a ninguém. Estava acostumada a ter todos de joelhos, não o contrário.

Naquela noite, jantando com Rudolf, Hannelore contou o que tinha acontecido. Só omitiu, é claro, o detalhe do sofá.

– Minha Hanne será artista de cinema? – perguntou ele, animado. – Qual papel você fará?

– Ela me convidou para o papel principal, mas meu pai foi contra. Ele é muito rígido e acha que o ambiente do cinema não me fará bem.

Rudolf, por outro lado, só pensava no orgulho que sentiria ao dizer a todos que sua amante era a atriz preferida de Leni Riefenstahl. Mandou trazer mais uma garrafa de champanhe. Queria convencer Hannelore a aceitar o convite.

– Minha querida, você será admirada por Goebbels e pelo *Führer*. Já pensou nisso? Toda a cúpula do partido, toda a Alemanha vai conhecer você!

Aqueles eram argumentos fortes, ela tinha de concordar. Tudo o que desejava era alcançar a elite do país. Assim, poderia subir vários degraus de uma só vez.

A jovem acabou cedendo. Não aceitaria o papel principal, mas também não faria apenas uma ponta. Queria negociar algo intermediário.

– Você cuida do contrato para mim? – perguntou a Rudolf.

– É claro, minha querida!

O advogado preparou a minuta, negociou com a equipe de Leni Riefenstahl e conseguiu um bom acordo. O contrato foi assinado na produtora. Era oficial.

Hannelore só descobriria muitos anos depois que esse erro lhe custaria muito caro. Muito caro.

Nas semanas seguintes, ela se dedicou ao filme. Saía de casa cedo e ia para o estúdio ler o roteiro e ensaiar. Rudolf, de vez em quando, passava para vê-la. Ela percebia o quanto ele estava orgulhoso, apresentando-se a todos como "o namorado da estrela".

Certo dia, durante os ensaios, Hannelore e Rudolf se encontraram com Goebbels. Ele estava acompanhado de Lída Baarová, sua amante, que também era atriz de cinema. Os dois casais marcaram de sair para jantar.

A jovem colocou sua melhor roupa e suas joias mais valiosas. Ao se olhar no espelho, viu que Leni tinha razão: sua postura estava mais elegante, seu corpo mais delineado e seu olhar ainda mais sedutor.

Como não podia deixar de ser, reservaram uma mesa no restaurante do Hotel Kempinski, o melhor de toda a Alemanha.

As paredes eram forradas de espelhos bisotados, emoldurados por madeira trabalhada em baixo relevo e pintada de ouro. Lustres de cristal com centenas de lâmpadas brilhavam acima deles como em um conto de fadas. Os garçons, impecáveis e gentis, circulavam pelas mesas com a destreza de bailarinos. Hannelore já tinha aprendido a reconhecer e apreciar itens de luxo. Ela sabia que as louças eram Limoges, com pinturas campestres de uma beleza única. As várias taças de vinho branco, tinto e água eram feitas do melhor cristal da Boêmia, trabalhadas a mão em baixo relevo. Já os talheres eram Christofle, franceses, tão polidos que pareciam espelhos. A vida estava sendo mais do que perfeita para a jovem.

O casal foi levado pelo *maître* até a mesa privativa de Goebbels, que ficava em um lugar estratégico.

Poucos minutos depois, o ministro e Lída Baarová chegaram. O salão praticamente se calou, e todos os homens se levantaram para cumprimentá-lo. Hannelore ficou impressionada ao ver como um homem tão feio e aparentemente tão insignificante tinha tanto prestígio. Sua linda namorada o acompanhava de braços dados, como se fosse uma rainha, acenando a todos com um leve movimento de rosto. Goebbels, por sua vez, caminhava mancando.

Os dois casais se cumprimentaram. Goebbels elogiou mais uma vez a beleza de Hannelore e a parabenizou por ter sido escolhida por Leni. Tinha ensaiado uma cantada barata, o que despertou olhares ciumentos de Lída. Já Rudolf estava envaidecido por sua amante ter sido elogiada por um dos homens mais importantes do III Reich.

Durante o jantar, o assunto migrou do cinema para a guerra.

Goebbels falava com orgulho das conquistas alemãs na frente oriental, na Dinamarca e na Noruega.

– O *Blitzkrieg* provou ser um sucesso. Esses países foram conquistados em poucos dias pelo poderoso Exército alemão.

O advogado percebeu que o ministro tinha um discurso já ensaiado, provavelmente repetido para todos que encontrava.

As duas mulheres acompanhavam a conversa sem qualquer interesse. Bebericavam champanhe e nem se falavam. A raiva e o ciúme de Lída eram visíveis, mas isso pouco importava a Hannelore. Goebbels não estava nos seus planos.

– O único problema na tomada da Polônia, *Herr* Von Huss, são os judeus. Sabe quantos judeus vivem naquele país? Três milhões e trezentos mil!

– Quase seis vezes o número de judeus da Alemanha, o que já é um grande problema, senhor ministro.

– Isso é uma catástrofe, *Herr* Von Huss, uma calamidade. Parece uma nuvem de gafanhotos, uma praga de ratos e insetos. Como vamos nos livrar deles? – Goebbels falava com asco.

Entediada com aquela conversa, Hannelore observava o salão atentamente. Foi quando viu o tenente Hoftz, marido de Helga, com um tipinho bem ordinário. Os dois riam e se agarravam sem o menor pudor. Hannelore examinou a garota. Era bonita, tinha cabelos pretos, grandes olhos verdes e peitos avantajados. A fenda no seu vestido deixava à mostra um belo par de pernas.

"Por que os homens não me surpreendem?", Hannelore divagava.

Enquanto milhares de jovens morriam nos campos de batalha e outros tantos se enfurnavam em trincheiras sujas e lamacentas, a elite alemã se divertia em orgias. Visto de cima, o país nem parecia estar em guerra.

A França cai

4º DEGRAU

Em meio às filmagens, Hannelore conseguiu um tempo livre para encontrar Helga. Não comentou que vira Michael Hoftz com a amantezinha no restaurante. Na opinião dela, ninguém devia se meter na vida dos outros.

– Esse filme está me dando muito trabalho. Leni é muito exigente, não tenho tempo para mais nada.

– Mas isso vai ser muito bom para você. Vai torná-la conhecida e cobiçada por todos os homens de Berlim! – falou Helga.

– Cobiçada eu já sou – falou, rindo. – E conhecida não quero ser.

– Até quando você vai ficar com esse advogado que não pode te dar um futuro?

– Ele me trata bem, me dá tudo o que desejo. E eu gosto dele – mentiu Hannelore.

– A Alemanha está em expansão, ficando cada vez mais rica e poderosa. Você não pode perder essa oportunidade. Meu marido é promovido o tempo todo, nossa vida só melhora a cada dia. E há mais surpresas que não posso adiantar vindo pela frente. A SS está ficando mais forte e ganhando mais espaço no III Reich. Você devia pensar nisso, minha amiga.

– Estou feliz com meu advogado, mas vou pensar nos seus conselhos.

No começo de maio, Hannelore foi surpreendida com uma carta de Hans. O selo era de Munique, aonde ele fora convocado para fazer o treinamento. Informava que tinha passado em todos os testes e já estava apto a servir o Exército. O treinamento era intensivo, e Hans descobriu que tinha uma grande habilidade: a pontaria. Era capaz de ficar horas no mesmo lugar, praticamente sem se mover, esperando o momento certo de disparar. Provavelmente seria incluído no batalhão de franco-atiradores, uma posição importante que ele almejava muito. A função era bastante perigosa, já que estaria sempre na linha de frente. Mas isso não o preocupava; na verdade, o que sentia era orgulho patriótico, pois teria missões importantíssimas a executar. Hans terminava a carta dizendo que seria enviado à fronteira com a França, um território de grande tensão. A guerra entre os dois países estava declarada, mas nenhum tiro havia sido disparado ainda.

Hannelore terminou de ler e jogou a carta na lareira. A única notícia boa, ela pensou, é que Hans estaria na linha de frente. "Só espero que troquem tiros o quanto antes."

E seu desejo parecia uma ordem.

A guerra tomou um rumo diferente naquela primavera. Hitler continuava a gritar em seus discursos, ameaçando outros países constantemente. Já tinha anexado a Áustria, conquistado a Polônia, uma parte da Tchecoslováquia e, para a surpresa de todos, assumido a Dinamarca e a Noruega ao Norte. Ao Sul, aliou-se à Itália.

Poucos acreditavam que a Alemanha invadiria a França, aliada da Inglaterra, que supunham, erroneamente, ser uma potência militar e econômica. Ninguém imaginava que Hitler teria essa ousadia. Uma coisa era conquistar a Polônia e a Dinamarca, outra totalmente diferente era invadir a França, que depois provou ser um fiasco na guerra.

Certa noite, em um jantar entre industriais e advogados, que não contou com a presença de militares, surgiu o assunto da invasão da França.

– Nosso Exército já está ocupado demais cuidando de vários países conquistados. Não acho que seria conveniente abrir novas frentes de guerra – comentou Rudolf.

– Temos capacidade para isso, tanto de homens quanto de equipamentos militares – afirmou um dos dirigentes da Krupp, a maior metalúrgica da Alemanha, que fora transformada em uma fábrica de armas.

A discussão se prolongou, e o grupo se dividiu entre os que defendiam a invasão da França e o crescimento do Reich e os que, como Rudolf, eram favoráveis a manter as áreas conquistadas, mas sem aumentar as frentes de guerra por ora. Eram pontos de vista bem distintos, de homens bastante envolvidos com o nazismo. Aquilo chamou a atenção de Hannelore, que, mesmo odiando política, decidiu prestar atenção à conversa.

Era comum, naquele tempo, não se discutir em público as decisões de Hitler e do partido. Ninguém queria chamar a atenção da Gestapo, temida polícia secreta que usava de extrema violência e poucos recursos jurídicos para eliminar opositores. Comentários eram feitos informalmente, mas, se havia discordância, a conversa terminava. No entanto, como aquele era um jantar entre membros da alta cúpula do país, muitos deles de origem nobre, a discussão prosseguiu.

Hannelore percebeu que Rudolf estava bastante convicto do seu ponto de vista. Mesmo assim, não argumentava muito, como se não quisesse contrariar as decisões do *Führer*.

Após o jantar, quando estavam a sós no apartamento, ela colocou um disco na vitrola, diminuiu a iluminação, mandou que ele se sentasse na cama e se despiu lentamente. Queria o amante submisso para que ela pudesse conduzir.

Poucos minutos depois, Hannelore levou o advogado ao êxtase.

– Você é um amante maravilhoso, Rudolf. Não existe homem melhor do que você.

O ego do amante era seu ponto fraco.

– Pelo que ouvi hoje no jantar, nem todo mundo é a favor de novos conflitos. O que está acontecendo? – quis saber a jovem.

– Nada de importante, minha querida. Esqueça isso.

– Você acha que eu sou burrinha e não entendo nada, não é? Mas gostaria muito que me explicasse. Preciso entender a política alemã.

Rudolf cedeu.

– Os industriais só pensam em guerra. Para eles é bom, significa que venderão mais armas, mas também que mais jovens irão morrer. E para quê? Já conquistamos vários países. Não acho que vale a pena, neste momento, abrir mais uma frente de combate, principalmente contra a França, que é um país poderoso, aliado da Inglaterra. Eles já se acovardaram quando invadimos a Polônia, estão com o rabo entre as pernas, então que fiquem assim. Se invadirmos a França, os ingleses podem reagir.

Mas não era a política do III Reich que interessava a Hannelore. Tinha outra coisa em mente.

– E por que você não disse isso a eles?

– Minha querida, há certas opiniões e pontos de vista que não devemos expor no regime nazista. É melhor guardá-los para si.

– Por causa da Gestapo? – ela perguntou, fingindo ingenuidade.

– Sim, e por causa de Dachau.

Novamente a menção a Dachau.

Rudolf von Huss não desconfiava que dormia com o inimigo.

Não foi preciso esperar muito para que o assunto do jantar virasse pauta no dia seguinte. Ao amanhecer, a notícia explodiu como uma bomba: a Alemanha havia invadido a França, a Holanda e a Bélgica, iniciando uma nova etapa de conflitos intensos na Europa.

O cabo Hans Schmidt sentiu o pavor de entrar pela primeira vez em combate. Até então, tinha participado apenas de alguns treinamentos, nos quais praticara disparos com o rifle de precisão contra alvos fixos. A ameaça de enfrentar inimigos de carne e osso, de ter que matar pessoas, de repente se tornara real e apavorante demais.

A França havia construído, na fronteira com a Alemanha, uma fortaleza que considerava instransponível: a Linha Maginot. Eram quilômetros e mais quilômetros de casamatas e trincheiras abarrotadas de soldados, apenas aguardando o ataque frontal alemão, que os franceses acreditavam que se iniciaria ali.

Hans fora selecionado para atuar em uma trincheira a poucas dezenas de metros da Linha Maginot. Ao ouvir a ordem de ataque, seus nervos entraram em colapso. O barulho das explosões e dos tiros, a agonia dos feridos, o cenário apocalíptico que rapidamente se instaurou, tudo aquilo fez com que o professor tivesse uma crise de pânico.

Por sorte, estava em uma posição distante da tropa. Se o sargento o visse naquele estado, certamente o enviaria à corte marcial.

Depois de horas de batalha, Hans conseguiu se recompor. Como franco-atirador, deveria permanecer fixo em sua posição, bem camuflado e escondido, para tentar acertar o maior número possível de franceses. O primeiro tiro foi o mais difícil. Através da luneta do rifle de precisão, ele havia enxergado um grupo de soldados franceses vulnerável. Quando um deles tirou o capacete para descansar, Hans mirou e apertou o gatilho. Ouviu um estampido seco, e em frações de segundo a bala entrou pela testa do francês, espirrando sangue e arremessando-o para trás.

Hans não se conteve diante da cena e vomitou ali mesmo. Era a primeira vez que matava alguém. Os soldados franceses próximos à vítima imediatamente dispararam rajadas de metralhadora na direção do alemão, mas às cegas. Sem conseguirem localizá-lo, Hans não correu nenhum risco.

Depois daquele batismo de fogo, o professor relaxou e procurou assumir suas funções com mais segurança. Passou horas atirando e se escondendo, e conseguiu acertar mais dois inimigos. Do lado alemão, porém, as vítimas estavam em número muito maior. Os franceses, entrincheirados na Linha Maginot, pareciam indestrutíveis.

Hans via seus amigos tombarem mortos a poucos metros do seu esconderijo. O sangue cobria a terra. Sem poder sair do lugar, urinava nas calças. O cheiro e a sensação eram terríveis. Só à noite podia voltar para o posto avançado, comer alguma coisa e descansar. No dia seguinte, voltava para sua posição de ataque. Isso durou alguns dias.

O professor só pensava em sair vivo daquela carnificina e voltar para casa. Não importava se sua casa era em Berlim ou Lilienthal; tudo o que ele queria era cair fora dali. A guerra era horrível, muito pior do que tinha imaginado. Arrependia-se amargamente de ter se alistado.

As informações transmitidas pelas rádios alemãs eram pouco confiáveis. Segundo as notícias, a Alemanha vencia em todas as frentes, e as baixas eram mínimas.

Rudolf ligou para seus amigos no Exército em busca de informações. Michael Hoftz combinou de encontrá-lo no Café Germânia.

– O *Blitzkrieg* mais uma vez se mostrou infalível. Bombardeios aéreos destruíram a resistência dos inimigos, e a infantaria avançou sem encontrar resistência – explicou o tenente, enquanto saboreavam uma cerveja.

– E a Linha Maginot, não está resistindo? – quis saber o advogado.

– *Ach*! Os franceses são muito ingênuos – menosprezou Hoftz. – Eles realmente acreditaram que todo o nosso ataque seria frontal? Onde estudaram estratégias militares, no La Tour d'Argent?

Os dois gargalharam. O tenente continuou:

– O ataque na Linha Maginot é apenas para distrair os franceses. Mandamos alguns batalhões para lá, mas o verdadeiro *Blitzkrieg* acontece em outro lugar.

– E posso saber onde? – perguntou Rudolf, curioso.

– *Herr* Von Huss, os franceses acharam que a floresta das Ardenas seria um obstáculo natural intransponível para nossos Panzers. Também acharam que a Holanda e a Bélgica resistiriam o suficiente para que eles ganhassem tempo e deslocassem mais tropas para lá. *Ach*! Esses comedores de lesma! Dá para acreditar nisso? A Holanda caiu em horas, a Bélgica em dias, e a França vai se render em menos tempo que a Polônia. Esse país se tornou uma vergonha. A conquista de Paris será como um passeio, não vai ter nem graça. É uma pena, pois queríamos treinar melhor as nossas tropas.

– Então você acha que a França assinará o armistício em breve?

– Esses franceses são covardes, lamentavelmente covardes. Vamos vingar a vergonha da última guerra, meu caro advogado, pode se preparar – falou Hoftz, pedindo mais uma cerveja.

– Morreram muitos soldados alemães?

– Muitos. Principalmente na Linha Maginot, onde os franceses estavam realmente preparados para o combate. Vou te contar um segredo – sussurrou o tenente, aproximando-se do advogado.

– Estou curioso – respondeu Huss, também se curvando na direção de Hoftz.

– Nosso *Führer* obrigará a França a assinar a rendição no mesmo vagão de trem em que tivemos que assinar o acordo da última guerra. Será uma humilhação para eles.

O tenente Hoftz deu o último gole em sua cerveja e chamou novamente o advogado para perto de si:

– Preciso ir agora, meu caro. Tenho um encontro com a minha amante.

Os dois se despediram e Rudolf ficou no café aguardando Hannelore, que chegou minutos depois, ansiosa para saber as novidades. Não que estivesse preocupada com a guerra ou com a conquista da França. Era a situação de Hans que lhe interessava.

– Ele contou alguma coisa? Falou sobre a Linha Maginot? É lá que Hans foi colocado.

Rudolf resumiu tudo o que ouvira, ressaltando que as batalhas mais sangrentas haviam sido justamente na fronteira franco-alemã.

– Então existe risco real para Hans? – ela fingiu preocupação.

– Infelizmente, sim – respondeu o advogado, sendo sincero. Apesar de o marido ser um obstáculo na relação entre os dois, não desejava sua morte. Afinal, Hans era um ariano como ele, não um judeu.

Hannelore pensava diferente. Para ela, aquela batalha poderia solucionar um dos seus mariores problemas: a eliminação de Hans. "Muitos soldados morrem, o que se pode fazer? É a guerra", dizia a si mesma.

– Meu querido, eu estou emocionalmente abalada. A situação delicada de Hans me preocupa. Se você não se incomodar, gostaria de voltar para casa e ficar sozinha.

– Entendo perfeitamente. Levarei você até lá.

Os dois saíram do café e entraram no carro. Hermann deixou Hannelore em casa, levou o advogado ao escritório e, em seguida, dirigiu-se novamente para o apartamento da jovem.

Tudo já havia sido combinado: eles teriam uma noite de lascívia.

Quando Hermann entrou no apartamento, Hannelore já estava nua na cama. Não conversaram muito – aquela relação era puramente carnal. O sexo se tornava cada vez mais selvagem, e o que um buscava no outro era apenas isso: satisfação física.

Naquela mesma noite, enquanto Hannelore se deliciava em jogos eróticos com Hermann, Hans tentava sobreviver no campo de batalha.

De um lado da Alemanha, mulher e amante gemiam de prazer no conforto de um luxuoso apartamento. Do outro, um professor em combate cobria os ouvidos para tentar esquecer os horrores da guerra.

Os tiros vinham dos dois lados da fronteira, assim como as granadas e os berros dos soldados feridos. Eram assim as noites do jovem professor que se tornara cabo. Se pudesse, ele fugiria, mas sabia que a deserção era um crime punível com a morte.

Em Berlim, Hermann e Hannelore caíram no sono após quase duas horas de sexo intenso.

Hans também estava esgotado e estressado após tantos dias consecutivos em campo. Queria dormir, mas não conseguia. Arrastou-se até uma árvore onde achou que ficaria mais protegido. Tentando se distrair, buscou recordações da sua sala de aula em Lilienthal, a mesma onde conhecera Hannelore, a linda jovem de 17 anos que desenhava "Hs" entrelaçados no caderno escolar. Queria reviver o passado para esquecer o presente.

Entregue às lembranças, Hans recordou como havia se encantado por aquela loirinha de olhos azuis, do namoro ingênuo entre os dois. O professor não podia acreditar que a moça mais bonita da cidade tinha se apaixonado justamente por ele. O pedido de casamento, a cerimônia na igreja, a primeira noite de núpcias. No começo, Hannelore era tão atenciosa, tão dedicada e amável. Tentava se lembrar desses bons momentos para esquecer a situação miserável em que se encontrava. Os primeiros meses de casamento haviam sido maravilhosos, e Hans se sentira o homem mais feliz da Alemanha. Todos na cidade o invejavam. Afinal, ele tinha conquistado o coração da moça mais desejada de Lilienthal.

As balas zumbiam cada vez mais distantes, como se Hans tivesse se afastado da batalha. Os problemas iam para bem longe quando ele viajava ao passado.

Passando a mão pelos cabelos, sentiu algo viscoso e quente escorrer pelo rosto. Olhou, era vermelho bem escuro.

De repente, tudo ficou em silêncio. Não havia mais barulho de tiros, nem de bombas, nem de soldados feridos.

Ele caiu em si e lembrou que Hannelore não era uma mocinha ingênua e inocente como ele imaginava quando a conheceu. Era uma pessoa manipuladora, egoísta, interesseira e inescrupulosa.

Passou novamente a mão na cabeça e sentiu os cabelos empapados daquele visco vermelho e quente.

Os olhos foram pesando até se fecharem completamente. Um sono incontrolável parecia dominá-lo. Naquele dia, Hans dormiu e nunca mais acordou.

Em 17 de junho, pouco mais de um mês após a invasão, o marechal Petain, chefe das forças armadas francesas, anunciou que proporia um armistício, que terminou em rendição no dia 22 de junho de 1940.

Milagrosamente, os ingleses conseguiram salvar seu exército de 350 mil soldados, enviados semanas antes para dar suporte à França. A Wehrmacht havia cercado o Exército inglês em Dunquerque, mas, julgando que este estivesse preparado para reagir a uma batalha, não o atacou. Paralelamente, os ingleses organizaram um resgate cinematográfico, convocando todas as embarcações britânicas que tinham condições de cruzar o Canal da Mancha. Foi a retirada mais espetacular da história das guerras. Esses milhares de soldados ingleses foram fundamentais para o desembarque na Normandia, que aconteceria anos depois.

Um clima de euforia havia tomado conta de Berlim. Multidões em delírio saíam às ruas para comemorar a vitória arrasadora sobre os franceses, que, vinte e dois anos antes, haviam humilhado os alemães. Em seus pronunciamentos, Hitler exaltava o nacional-socialismo e bradava que o povo alemão havia se vingado do complô internacional judaico-comunista que levara a Alemanha à recessão e à miséria. A Inglaterra, então aliada incondicional da França, incumbida de defendê-la em caso de uma ofensiva nazista, não atacou os alemães.

A sensação em toda a Alemanha era a de que Hitler, os nazistas, a Wehrmacht e a Luftwaffe eram invencíveis. Não havia país no mundo capaz de conter a força germânica.

Pouco tempo após a conquista de Paris, foi organizada no principal cinema de Berlim a estreia do filme de que Hannelore participara. Hans não teve tempo de ver a esposa nos telões.

Como em todas as estreias de Leni Riefenstahl, a elite nazista marcava presença no evento. Hitler, no entanto, não compareceu; estava às voltas com a rendição da França.

Foi estendido um tapete vermelho que começava na calçada, subia as escadarias do cinema e ia até a entrada da sala de projeção. Por ali desfilavam os principais personagens da alta sociedade alemã. Hanne-lore, como não podia deixar de ser, atraía olhares de desejo e inveja.

Uma imensa limusine parou na porta do cinema. Dela desceram Leni Riefenstahl, Goebbels e a estrela do filme, sua atual amante.

– Você é que devia estar naquele carro – comentou Rudolf com uma pitada de ressentimento.

– Quem sabe da próxima vez? – ela prometeu, mesmo sabendo que esse seria seu primeiro e último filme.

Viúva

5º DEGRAU

Hannelore estava de saída. Ia encomendar um vestido novo para um jantar em comemoração à vitória sobre a França.

Ao pisar na calçada, um oficial do Exército a abordou:

— *Frau* Schmidt?

— Sim, sou eu — ela respondeu.

— Sou do Serviço de Relações Públicas do Exército alemão — disse o tenente.

— Pois não, tenente, como posso ajudá-lo?

— *Frau* Schmidt, podemos entrar e conversar no seu apartamento?

— Eu estava de saída. Se o senhor não se incomodar, podemos conversar aqui mesmo, na calçada. Para mim, não há problema.

Vendo que o tenente insistia que o assunto era delicado demais para ser abordado na rua, Hannelore anteviu o que seria. Poderia receber a notícia ali mesmo, mas o convidou para entrar.

Subiram ao apartamento.

— *Frau* Schmidt, a senhora é Hannelore Shultz Schmidt, esposa do cabo Hans Schmidt, confirma? — perguntou o tenente com muita pompa e formalidade.

— Sim, sou eu mesma.

— Sinto informar que seu marido morreu em razão de um ferimento de bala no cumprimento do dever à pátria alemã. Tombou com honra e respeito pelo *Führer*.

Hannelore abriu a boca fingindo surpresa e choque. Tampando o rosto com as mãos, encenou o melhor que pôde para parecer arrasada.

O tenente continuou em posição de sentido, aguardando que Hannelore se recompusesse. Sem dizer uma palavra, ela foi até o quarto e fechou a porta.

Hannelore sentou-se na penteadeira e se olhou no espelho. Sorrindo, disse a si mesma:

– Isso não podia ficar melhor. Moro em Berlim, tenho um homem para pagar minhas contas e acabo de ficar viúva. Estou livre para subir os próximos degraus. Só preciso encontrar o momento certo para me livrar de Rudolf. Ele tinha razão: a guerra é um excelente negócio.

Ela voltou a ficar séria e retornou à sala, simulando tristeza.

– Desculpe, tenente, precisei me recompor.

– Entendo perfeitamente, é uma péssima notícia.

Ele tirou uma pequena caixa do bolso e a entregou a Hannelore. Era a placa de identificação militar do marido.

– A senhora deseja que ele seja enterrado na sua cidade natal ou no cemitério militar de Berlim?

– No momento não consigo pensar nisso, tenente – ela mentiu. Não dava a mínima para o corpo de Hans.

– Entendo perfeitamente. A senhora terá direito a uma pensão a partir de agora, entraremos em contato nos próximos dias para acertar os detalhes. Peço licença para me retirar.

Ele gritou "*Heil* Hitler", fez meia-volta e saiu.

Hannelore fechou a porta, foi até a lixeira e jogou a caixa com a identificação de Hans.

– *Auf Wiedersehen*, querido Hans.

O Exército não demorou a entrar em contato. Queriam saber onde ela gostaria que o marido fosse enterrado.

– Em Lilienthal, onde está a maioria dos nossos parentes – ela informou à Wehrmacht, simulando uma voz de viúva abatida.

Se o enterrasse em Berlim, haveria uma cerimônia em que ela com certeza precisaria estar presente. E o pior: os parentes viriam de Lilienthal, e ela teria que recebê-los. Na aldeia onde nasceram, a família que comparecesse à cerimônia. Ela, com certeza, não iria.

A paz de Hannelore

1940 foi um dos melhores anos para a jovem alemã.

Viúva de guerra, era tratada com deferência. Também passou a receber uma pensão, apesar de o valor fazer pouca diferença no seu orçamento. Rudolf estava generoso, pois ganhava cada vez mais.

Festas, jantares, teatros, concertos, bares, shows, cabarés: Hannelore não passava uma noite em casa. Com certeza a esposa de Rudolf sabia que ele tinha um caso, mas qual homem poderoso na Alemanha Nazista não tinha? E do que uma esposa poderia reclamar em 1940? *Kinder, Küche, Kirche*: à época, esse era o papel das mulheres.

Aos 21 anos, Hannelore tinha conquistado boa parte dos seus sonhos sem nunca ter trabalhado, apenas levando Rudolf para a cama.

Até ela se espantava com isso.

Com as vitórias e conquistas da guerra, a Alemanha florescia. A autoestima dos alemães, destruída após a derrota na Primeira Guerra, agora estava nas alturas. Acreditavam serem invencíveis, poderosos e superiores a todos os outros povos.

A vida noturna seguia cada vez mais agitada, os restaurantes viviam lotados e o sexo corria solto. Quem chegasse à Berlim daqueles dias não diria que o país estava em guerra; as batalhas, até então, só aconteciam em território inimigo.

Hannelore tinha acertado na loteria ao se mudar para a capital. Estava na hora e no lugar certos.

Os pactos com Japão, Hungria e Romênia, a invasão do norte da África pelo Afrika Corps, nada disso lhe interessava. Não queria saber de notícias.

A vida era bela – e ela iria aproveitar.

Os traidores

Em dezembro de 1940, Hitler convocou as principais lideranças do Exército, da Aeronáutica e da Marinha para Berghof, seu refúgio alpino em Obersalzberg. Havia mandado construir ali, no topo de uma montanha, uma imensa residência com uma vista espetacular. Era um lugar bucólico, muito tranquilo, onde traçava seus megalomaníacos planos de extermínio. Não raro, recebia pessoas proeminentes do Partido Nazista, como Albert Speer, seu arquiteto preferido. Após o jantar, que acabava tarde da noite, Hitler organizava uma sessão de cinema, geralmente um filme americano de faroeste. E depois da sessão, já de madrugada, todos eram obrigados a ouvir seus discursos intermináveis, nos quais enaltecia a si próprio e ao povo alemão. Havia quem preferisse sentar na cadeira do dentista a participar daquelas noitadas.

Na reunião com as lideranças militares, o *Führer* anunciou a maior cartada da Segunda Guerra Mundial.

– Vamos atacar a União Soviética até maio do ano que vem! – berrou, socando a mesa.

Os oficiais se olharam espantados. Sabiam que a invasão total do Leste estava nos planos de governo, que pretendia escravizar os povos conquistados e usar as terras férteis em benefício próprio. Era o chamado *Lebensraum*, a conquista de espaço para o crescimento germânico. A dúvida era quanto ao momento certo para essa grandiosa invasão.

A Alemanha já tinha tropas estacionadas na Polônia, França, Holanda, Bélgica, Luxemburgo, Dinamarca, Noruega e Tchecoslováquia, além das forças concentradas contra a Inglaterra. Minar a resistência inglesa não era fácil, fato devido principalmente à liderança de *Sir* Winston Churchill, primeiro-ministro inglês que organizava a defesa do império britânico. Quase diariamente, aviões cruzavam o Canal da Mancha para bombardear alvos ingleses, e muitos eram abatidos. O grande general de campo alemão, Erwin Rommel, conhecido como a "Raposa do Deserto", era um excelente estrategista; especialista em ataques com tanques de guerra, estava no norte da África tentando destruir a resistência britânica e conquistar os poços de petróleo da região. Àquela altura, abrir uma nova frente de combate contra um inimigo tão grande quanto a União Soviética definitivamente não era a mesma coisa que conquistar os Países Baixos.

Muitos dos oficiais ali presentes sabiam que a Alemanha ainda não estava em condições de atacar a URSS. Não era o momento de abrir um novo flanco contra um país de dimensões continentais. Mas essa não era a opinião de Hitler.

– O Exército Vermelho ainda não está preparado para uma guerra desse porte. Quanto mais cedo atacarmos, mais rápida será nossa vitória – bradava o *Führer*. – Eles não resistirão ao nosso poderio. Quero que preparem as estratégias de ataque imediatamente. Stalin cairá aos meus pés!

Alguns militares se olharam angustiados. Apesar de serem experientes, de alta patente, muitos deles condecorados na Primeira Guerra, tinham medo de contrariar Hitler.

– Meu *Führer*, será que não é melhor aguardar outro momento para conquistar a União Soviética? – tentou dizer um general.

– Os eslavos são seres inferiores, não têm a menor chance contra o Exército alemão – afirmava Hitler, irredutível. – Seus armamentos são precários e seus soldados incapazes de traçar uma estratégia militar eficiente. Serão esmagados como formigas.

Outros tentaram convencer Hitler a adiar o ataque, mas foi inútil. Todos os argumentos eram rechaçados pelo *Führer*, que se recusava a aceitar que os eslavos poderiam resistir aos alemães. Para ele, aquela guerra era, acima de tudo, uma guerra política e racial: o nacional-socialismo ariano contra o bolchevismo judaico. Hitler queria iniciar o ataque em maio de 1942. Tinha certeza de que conquistaria Moscou antes do inverno.

Além de considerar o plano de ataque à União Soviética um delírio hitlerista, a elite do Exército nazista também se incomodava de receber ordens de um cabo austríaco que havia passado a Primeira Guerra em uma cama de hospital por causa de um ferimento à bala.

Mesmo assim, o medo de dizer "não" fez com que aceitassem aquele plano suicida.

A Alemanha iniciou em segredo os preparativos da "Operação Barba-rossa", codinome dado ao plano de ataque à União Soviética, até então uma aliada. O nome era uma homenagem ao imperador Frederico I, o Barbarossa, que governou o império romano-germânico no século XII. Rompia-se, assim, o pacto de não agressão Molotov-Ribbentrop.

Nos últimos meses, a ideia de largar Rudolf para se casar com um oficial da SS não saía da cabeça da alemãzinha. Era fácil perceber que a ascensão financeira rondava essa tropa de elite: desde que se casara com o tenente Hoftz, a vida de Helga melhorava a olhos vistos. Com o clima de vitória que se espalhava pelo III Reich, não restava dúvidas de que a SS seria a grande beneficiária da conquista total. O país estava nas mãos desses oficiais. Era bom se preparar para o futuro.

Hannelore sabia que precisaria se livrar de Rudolf antes de encontrar seu novo provedor. No entanto, não podia simplesmente abandonar o advogado. Em primeiro lugar, ele não aceitaria o rompimento. Em segundo, o apartamento onde ela vivia era dele; querendo ou não, ele a controlava financeiramente. Livrara-se de Hans por sorte sua e azar dele. Agora, tinha que encontrar uma maneira de se livrar de Von Huss. Precisava agir, conceber um plano. Sabia que não seria fácil: o homem era poderoso.

A resposta veio numa noite em sua casa.

Alguns dos oficiais que haviam participado da reunião em Berghof decidiram levar adiante a decisão de não atacar a União Soviética na-quele momento.

Reuniram um grupo da elite alemã, entre militares, empresários e profissionais liberais, para discutir uma maneira de convencer o *Führer* a adiar a Operação Barbarossa. Todos concordavam que aquele era um movimento arriscado.

Von Huss foi convidado a participar do grupo. Como estavam, de certa forma, reunindo-se para agir contra o governo, era fundamental que a reunião fosse secreta. Por essa razão, Rudolf sugeriu que fossem ao seu outro apartamento, o mesmo que Hannelore ocupava. Todos concordaram com a escolha daquele local discreto, sem testemunhas de fora.

Apesar de não ser um complô, tratava-se de uma situação de risco. A intimidade do grupo deixou todos à vontade para falar abertamente.

Alguns achavam que Hitler estava passando dos limites, que era prepotente e não tinha bom senso. Outros comentavam que ele não tinha capacidade de comandar o Exército; essa era uma missão para militares experientes, e ele não passava de um cabo. Em meio às opiniões, discutiam maneiras de convencer o *Führer* a adiar a invasão. O objetivo não era desistir das terras do Leste, mas postergar o ataque.

Os oficiais não tinham muito tempo a perder. Se a notícia daquela reunião chegasse aos ouvidos de Hitler, poderiam ser julgados por traição.

Hannelore ouvia a conversa atentamente. Precisava se livrar de Rudolf o mais rápido possível, e aquela reunião secreta em seu apartamento acendera uma luz.

– O *Führer* está delirando se acha que devemos atacar a União Soviética nos próximos meses – disse um dos generais. Servindo uma bebida, admirava a beleza de Hannelore. – Não chegaremos em Moscou antes do inverno e teremos o mesmo destino de Napoleão.

– Ele acredita que Stalin vai se render em poucos meses – falou o dono de uma indústria de armas.

– Senhores, a realidade nós já conhecemos. A questão é como fazer Hitler mudar de ideia sem arriscar nossos pescoços – disse Rudolf, preocupado com a reação do *Führer*. O fato não passou despercebido a Hannelore, que, fingindo ser só mais uma amante-troféu, circulava pela sala ouvindo a todos.

A discussão se prolongou até altas horas. Ficou decidido que diriam a Hitler para adiar o ataque, mas nenhum deles queria ser o porta-voz dessa notícia. Marcaram um novo encontro para discutir essa pendência.

Quando todos foram embora, Hannelore se aproximou do advogado e começou a despi-lo. Ele adorava quando ela tomava a iniciativa. Na cama, ela estava pronta para usar suas melhores armas.

– Senti o ambiente muito tenso – falou, parecendo desinteressada.

– E estava mesmo – o advogado confirmou. – Estamos todos pisando em ovos.

– Não consigo entender o motivo. Se vocês estão certos de que ainda não é hora de atacar a União Soviética, por que simplesmente não dizer isso a Hitler?

– Essa é uma decisão que ele tomou no final do ano passado, contra todas as recomendações, e não quer desistir. Está levando essa guerra contra Stalin para o lado pessoal. Não podemos arriscar tudo por causa de uma rixa. Precisamos esperar.

Hannelore continuava a excitar o amante.

– E é tão difícil assim dizer isso ao *Führer*?

– Você é muito ingênua para entender, minha querida. Nosso líder odeia ser contrariado. Quando quer alguma coisa, ninguém consegue fazê-lo mudar de ideia. Mas, neste caso, trata-se de algo muito sério. A invasão da União Soviética pode matar centenas de milhares de soldados alemães e prejudicar o curso da guerra.

– Se é assim, vocês precisam falar com ele!

– Precisamos, só não sabemos como nem quando. É por isso que estamos pisando em ovos.

Nenhuma notícia sobre a iminente invasão da União Soviética saía na imprensa. A censura era total.

Hannelore também já tinha elaborado seu plano para se livrar de Rudolf. Agora, só precisava aguardar o momento certo.

Gestapo

A sede da Gestapo ficava em um prédio no centro de Berlim. Hannelore se apresentou na recepção e disse que tinha uma denúncia a fazer. Pediram que esperasse, logo seria atendida. Sentou-se em um sofá de couro macio e percebeu que todos os agentes a olhavam com luxúria. Ela tinha colocado um vestido vermelho bem justo, que realçava seu corpo, com um decote bastante ousado. Evitou joias. Depois de alguns minutos, um jovem se apresentou como auxiliar de agente de segurança.

– *Frau* Schmidt, a senhora tem alguma informação importante? – perguntou o jovem num tom extremamente formal, tentando disfarçar os olhares para as curvas de Hannelore.

– Sim. Gostaria de falar com um oficial da Gestapo – respondeu com firmeza, sem nem mesmo se levantar.

– Poderia adiantar o assunto? – pediu o jovem, tentando mostrar autoridade.

Hannelore não se intimidava por nada, muito menos por um assistente.

– Não. Minha informação é muito importante para ser dita na recepção, sem a presença de um oficial – disse friamente.

O jovem ficou assustado com a intimidação de Hannelore. Estava acostumado a ser temido – afinal, era um agente da Gestapo.

– Um momento, *Frau* Schmidt. Levarei o assunto ao meu superior.

Hannelore nem se deu ao trabalho de olhar na direção dele. Continuou impávida.

Depois de alguns minutos, o assistente pediu que ela o acompanhasse por uma grande escadaria em curva.

Andaram até o final de um longo corredor e pararam em frente a uma porta de madeira. O assistente bateu duas vezes e abriu. Duas secretárias estavam sentadas, datilografando. Ele deu passagem para que *Frau* Schmidt entrasse.

Pararam diante de outra porta dupla, maciça, e o jovem bateu como se estivesse encostando os dedos em uma porcelana finíssima.

Um grito vindo de dentro mandou que entrassem.

O assistente abriu as portas e Hannelore entrou, ou melhor, desfilou para dentro do gabinete.

Era uma sala imensa. Na parede do fundo havia duas grandes fotos: uma de Adolf Hitler e outra de Reinhard Heydrich, chefe da Gestapo, com seu olhar gélido e intimidador. O espaço era decorado com pesados móveis de madeira escura.

Atrás de uma grande escrivaninha, um oficial da Gestapo lia um relatório.

O jovem pigarreou e fez as apresentações:

– *Herr* comandante Wolfberg, apresento-lhe *Frau* Schmidt.

O oficial levantou a cabeça e quase deixou o cigarro cair da boca ao colocar os olhos em Hannelore, que caminhava em sua direção como se estivesse nas nuvens. Era exatamente esse o efeito que ela queria causar. O agente ficou sem reação. Apagou o cigarro fora do cinzeiro. Os seios de Hannelore balançavam de um lado para o outro no decote ousado e justo. Um leve sorriso insinuante pousava em seus lábios entreabertos. O oficial se levantou, ajustou o paletó, deu a volta na mesa e cumprimentou a alemãzinha com um beijo na mão. Sem que ele autorizasse, ela sentou e cruzou as pernas, deixando aparecer um pouco mais do que o recomendável.

Quando o jovem assistente parou ao seu lado, insinuando sua participação no encontro, Hannelore lançou-lhe um olhar fulminante. Ele imediatamente entendeu o recado e se retirou, deixando os dois a sós.

O oficial da Gestapo foi até uma mesa repleta de bebidas importadas e ofereceu um drinque a ela.

– Obrigada, não bebo.

O homem, então, pegou uma cigarreira de prata em cima da mesa e ofereceu-lhe um cigarro.

– Obrigada, não fumo.

– Se incomoda se eu fumar?

– Fique à vontade.

O agente sentou-se na cadeira ao lado de Hannelore. Não conseguia desviar o olhar do decote e das pernas da jovem. Ela percebia, mas fingia que não.

– No que posso ser útil, *Frau* Schmidt? – perguntou ele, da maneira mais educada e elegante que conseguiu.

Hannelore achou engraçada a delicadeza do agente da Gestapo, conhecido por ser um homem bruto e violento. Vindo dele, aquela gentileza até espantava. Ela levou as mãos ao rosto como se fosse chorar, os olhos já mareados. Respirou fundo antes de começar a falar.

O agente a olhava sem saber como agir.

A jovem se espantava com o próprio talento. Não era à toa que Leni Riefenstahl insistia para que se tornasse atriz.

Tirando um lenço da bolsa, enxugou uma lágrima de crocodilo e mordeu os lábios:

– Desculpe, já vou me recompor – disse, ao mesmo tempo em que cruzava e descruzava as pernas, ele acompanhando seus movimentos com o olhar.

Hannelore respirava fundo, inflando os seios como se quisesse estourar o vestido. O efeito que isso causava era mais fatal que uma granada.

– *Herr* comandante Wolfberg...

– Pode me chamar de Franz – ele interrompeu, tentando criar intimidade.

– Franz, o que tenho a dizer é algo muito grave, muito sério. Não sei nem por onde começar – gaguejou fingidamente.

– Fique à vontade. Tenho todo o tempo do mundo para ouvi-la.

– Bem, como posso dizer? – Ela parou por alguns segundos. – Sou amiga do advogado Rudolf von Huss.

– Sei de quem se trata. Von Huss é um dos advogados mais influentes do Reich – confirmou o agente.

– Amiga íntima, por assim dizer – completou a alemãzinha.

Wolfberg deu um sorriso malicioso, o que Hannelore notou.

– Mas isso não vem ao caso – disfarçou. – Antes de falar qualquer coisa, gostaria de saber se meu anonimato e a confidencialidade serão mantidos.

O oficial estava curioso. Ela iria relatar algo que envolvia Rudolf von Huss, uma das pessoas mais influentes de todo o sistema nazista.

– *Frau* Schmidt, tudo o que é dito nesta sala é estritamente confidencial. Prometo que ninguém saberá de nada. Minha sala é como o confessionário de uma igreja. Nossa discrição é total, por isso nosso sistema de denúncias funciona tão bem – vangloriou-se o agente.

Então, Hannelore começou. Contou que, algumas semanas antes, o advogado tinha solicitado a ela que cedesse seu apartamento para uma reunião de amigos. Achando que não haveria problemas, ela concordou. Ficou espantada com a presença de pessoas tão ilustres, mas o que mais chamou sua atenção foi o motivo do encontro. Ela relatou tudo em detalhes.

– Fiquei chocada com o que ouvi! Tão chocada que não sabia o que fazer. Isso está me corroendo por dentro – disse, voltando a chorar.

"Leni Riefenstahl tinha razão! Eu poderia ter estrelado aquele filme", pensou.

Wolfberg pegou a mão da jovem, tentando acalmá-la. Sentiu a pele macia, suave, o que o excitou. Era impressionante o poder que ela tinha sobre os homens.

– Fique calma, minha querida. Você fez bem em me procurar. Comentou isso com alguém?

– Não, é claro que não! Eu sabia que era algo muito perigoso – falou, entre soluços falsos.

– Ótimo, fez mesmo muito bem – repetiu o oficial sem soltar sua mão. – Sabe dizer quem mais estava nessa reunião?

Hannelore listou os nomes de que se lembrava.

– São pessoas influentes, poderosas. Isso que você está me reportando é muito grave – ele falou, levando-a novamente às lágrimas.

O oficial se aproveitou da situação para abraçar a alemãzinha. Se pudesse, ele a possuiria ali mesmo.

Hannelore sabia que tinha o agente na palma da mão. Durante alguns minutos, chorou falsamente nos ombros dele, que tentava acalmá-la.

– Tem outro motivo para eu ter vindo aqui – ela revelou, afastando-se.

Ele esperou que ela terminasse.

– Eles marcaram um novo encontro no meu apartamento para a semana que vem. Eu não sei o que fazer – disse, fingindo ingenuidade. – Tenho medo!

O agente estava tão animado que se levantou da cadeira.

– Isso é ótimo! Se pegarmos todos reunidos, nossa missão será mais fácil.

– Mas eu tenho medo – Hannelore mentiu.

– Medo de quê?

– De descobrirem que eu passei essa informação. A Gestapo vai agir no meu apartamento!

– Não se preocupe com isso.

– Posso confiar no senhor?

Seu olhar era de tamanho desamparo que Wolfberg se sentiu um herói.

– Eu prometo que ninguém vai saber quem me passou essa informação.

Pela primeira vez desde que entrara no gabinete, Hannelore sorriu. E, quando ela sorria, os homens derretiam.

– Se o senhor promete, eu fico mais tranquila.

– Me chame de Franz. Agora, vou explicar como tudo vai acontecer e como você deve agir quando a Gestapo entrar no seu apartamento.

O fim de Rudolf

6º DEGRAU

Não havia perdão para traidores. Em poucos dias, todos os envolvidos nos encontros secretos foram julgados, condenados e fuzilados. O advogado Rudolf Von Huss entre eles. Hitler não admitia oposição, e, prestes a invadir a União Soviética, nada podia falhar. A Operação Barbarossa seria a maior concentração de forças militares de toda a história. Qualquer vazamento aumentaria o risco de o ataque surpresa do *Blitzkrieg* não sair como planejado. Stalin sabia que Hitler chegaria à URSS um dia, mas não sabia quando, nem achou que seria em meados de 1941.

Conforme o agente Franz Wolfberg tinha prometido, nada foi feito contra Hannelore. A jovem foi levada em outro carro, onde simularam um interrogatório e a liberaram 24 horas depois.

Rudolf von Huss morreu sem saber quem denunciou o grupo à Gestapo.

Hannelore não derramou uma lágrima.

O fim de Hermann

Após a tragédia envolvendo o marido, a viúva Von Huss dispensou os serviços de Hermann Berger.

De família humilde, o motorista só tinha conseguido evitar o Exército até aquele momento por influência do patrão. Agora, sem emprego e sem o apoio de Von Huss, o inevitável aconteceu: Hermann foi convocado.

O jovem não teve sorte. A Wehrmacht estava selecionando ainda mais homens para atuar na invasão da União Soviética. Era praticamente impossível passar despercebido.

Ele foi transferido justamente para a frente oriental.

Hitler adiou diversas vezes o primeiro ataque à União Soviética, até que, em 22 de junho de 1941, a ordem foi dada. Começava então o maior massacre de todas as guerras.

Como previsto pelos experientes generais alemães, Moscou não foi conquistada antes do inverno. Os eslavos lutaram com muito mais garra do que os nazistas imaginavam.

Os Estados Unidos e a Inglaterra forneceram armamentos e informações para o Exército Vermelho. Os ingleses, que já haviam decifrado os códigos secretos dos alemães, antecipavam as ações do inimigo diretamente para Stalin, apelidado de "Joe" por Churchill.

Quando as chuvas de outono caíram, a lama nas estradas soviéticas ficou tão profunda e viscosa que praticamente impediu a movimentação das tropas nazistas. Os tanques Panzer atolavam. As carroças não saíam do lugar. Os cavalos ficavam presos no lamaçal. Os tanques russos

T-34, por outro lado, com esteiras mais largas, conseguiam se mover. Isso conteve o avanço alemão.

Então, chegou o inverno. Impiedoso, sua força e sua fúria já haviam salvado o Império Russo das mãos de Napoleão, em 1812.

Naquele terrível 1941, as temperaturas passavam dos 30 graus negativos.

Os soldados alemães morriam aos milhares. Entrincheirados, impedidos de se mover, congelavam em poucos minutos, adormecendo para o sono eterno. A gangrena também era um cruel inimigo – milhares de soldados sofreram amputações. O frio era tão brutal que precisavam fazer fogueiras embaixo dos motores dos aviões, pois até o óleo congelava, e as armas emperravam.

No início, o avanço alemão foi muito rápido, o que deixou as tropas sem abastecimento: os soldados não tinham fardamentos apropriados para o inverno nem provisões suficientes para sobreviver ao percurso. Os exércitos nazistas foram retidos a cinquenta quilômetros de Moscou, tanto pelo frio quanto pela resistência feroz das tropas soviéticas. As mesmas tropas eslavas que Adolf Hitler prometeu destruir como formigas.

Hermann era membro de um dos batalhões que chegaram aos arredores da capital russa. A poucos quilômetros do destino, porém, suas pernas não resistiram: em estágio avançado de gangrena, foi preciso amputá-las. Incapaz de seguir com a missão, acabou dispensado do Exército e voltou para Berlim, onde tentou encontrar Hannelore algumas vezes, mas foi rechaçado por ela em todas as tentativas.

Durante muito tempo, Hermann acompanhou a vida de Hannelore e escreveu cartas para a família da jovem, nas quais dava apenas boas notícias. Passou a acreditar que, livre de Rudolf, ela voltaria para ele. Quando entendeu que isso jamais aconteceria, acabou se entregando à bebida. Desesperado e humilhado, cometeu suicídio poucos meses depois.

Um período sabático

Deitada na banheira, o corpo completamente imerso em perfumados sais de banho, Hannelore repassava sua vida desde que chegara a Berlim.

Tinha juntado um bom dinheiro, o que dava a ela tempo suficiente para escolher com cuidado seu novo provedor. Não tinha pressa: tinha experiência.

Resolveu passar alguns meses viajando pela Alemanha. Queria conhecer seu país, descansar, não se preocupar com nada. Pela primeira vez, estava totalmente livre, sem pais, marido ou amantes para segurá-la.

Hospedava-se nos melhores hotéis e jantava nos melhores restaurantes, mas é claro que nunca pagava uma conta. Havia sempre um senhor bondoso disposto a bancar suas despesas. Saiu de Berlim com uma mala e voltou com quatro, incluindo algumas joias bastante valiosas. Ela sabia que, em tempos de guerra, pedras preciosas e ouro tinham mais valor do que a moeda corrente.

Nessa viagem, Hannelore amadureceu sua ideia de encontrar um oficial da SS.

SEGUNDA PARTE

Joseph Muller

PRIMAVERA DE 1942

Quando se sentia entediado, o comandante Muller pegava seu rifle e praticava tiro ao alvo. Sua mira era extraordinária.

Seus alvos, no entanto, eram os judeus de Wodospad Niebieski, um dos muitos campos de trabalhos forçados e extermínio criados pelo governo alemão. Os nazistas sempre denominavam os campos de acordo com as cidades onde estavam localizados. Treblinka, Sobibor e Chelmno ficavam na Polônia, assim como Auschwitz, nome alemão da cidade polonesa de Oswiecim. Mauthausen, Melke e Guzen eram cidades austríacas. Dachau e Sachsenhausen, cidades na Alemanha.

A cidade de Wodospad Niebieski ficava próxima das fronteiras da Bielorrússia e da Ucrânia, a sudeste de Varsóvia. Era banhada pelo Rio Niebieski, cujas águas, cristalinas e geladas, se abriam para uma pequena e linda cachoeira – "*wodospad*", em polonês.

Além do tiro ao alvo, outra diversão do comandante era amarrar dois judeus e jogá-los na cachoeira para vê-los se afogar.

Em meados de 1942, havia pouca atividade em Wodospad Niebieski. O campo tinha sido construído para receber os judeus que viriam do leste da Polônia e das cidades próximas da Ucrânia e da Bielorrússia. Àquela altura, porém, ainda eram poucos os trens que chegavam com prisioneiros, e não havia muito o que fazer. O comandante tinha que encontrar seus próprios meios de se divertir.

Dentre os prisioneiros, os que tinham entre 14 e 40 anos, homens ou mulheres, eram usados como escravos em trabalhos forçados. Os outros eram imediatamente enviados para as câmaras de gás e os fornos crematórios.

Algumas prisioneiras eram jovens e bonitas, mas as leis raciais proibiam relações sexuais com as judias. Desse passatempo ele era obrigado a abrir mão. Não era ingênuo: sabia que os soldados alemães e os voluntários ucranianos abusavam das prisioneiras, mas, como comandante, ele precisava dar o exemplo.

Também havia alemãs trabalhando no campo. As mais violentas, que tomavam conta dos barracões femininos com mãos de ferro, eram, em geral, abrutalhadas. As que exerciam funções administrativas, como secretárias, arquivistas e enfermeiras, costumavam ser mais abertas às investidas masculinas. De vez em quando, em jantares regados a vodca, o sexo corria solto entre a soldadesca e os oficiais.

Outra diversão do comandante era passear a cavalo pela região. Quando encontrava uma polonesa bonitinha, tinha sempre um presente para conquistá-la. Podia ser um alimento que estava racionado ou uma peça de roupa roubada de uma prisioneira judia. A situação dos poloneses durante a ocupação nazista era tão dramática que não era necessário muito para comprar favores sexuais de uma camponesa.

O comandante Muller era um homem alto, de quase um metro e noventa, muito forte. Aos 30 anos, continuava solteiro. Entrou na SS muito jovem, em 1933, assim que os nazistas chegaram ao poder, e se dedicou de corpo e alma à carreira militar. Como a maioria dos comandantes de campos de concentração, extermínio e trabalhos forçados, tinha origem humilde, sem profissão definida. Muller chegou a trabalhar como cocheiro, assim como Amon Göth, comandante do campo de Plaszow – eternizado em *A Lista de Schindler* –, em uma fazenda, e a SS foi a grande porta que se abriu para o seu futuro. Hitler gostava de promover trabalhadores rurais e operários, que viam no serviço militar uma excelente oportunidade de ascensão social. Dessa maneira, eles seriam para sempre gratos e fiéis.

A possibilidade de enriquecer rapidamente e o direito de exercer poder sobre a vida de milhares de pessoas eram inebriantes. O poder corrompe, o poder absoluto corrompe de maneira total.

A dedicação de Muller ao partido nazista, sua lealdade servil ao *Führer* e sua personalidade violenta, beirando a psicopatia, deram a ele o comando do novo campo que se formava no Leste Europeu. A proximidade da Ucrânia e da Bielorrússia, cujas comunidades judaicas eram numerosas, revelava um grande potencial: a previsão era de que pelo menos 500 mil judeus fossem deslocados para lá.

Ser comandante de campo de concentração tinha grandes vantagens: Muller não entrava em combate, não corria o risco de levar um tiro do exército inimigo, liderava todos os soldados e empregados e era o senhor da vida e da morte dos prisioneiros. Podia até mesmo lucrar por fora, roubando parte do que os prisioneiros traziam consigo.

Quando os nazistas conquistavam uma cidade no Leste Europeu, a ordem era eliminar todos os judeus. Inicialmente, os capturados acreditavam que seriam "transportados para campos de trabalho", expressão criada para evitar a palavra "extermínio". Recebiam ordens de embarcar nos trens com apenas uma mala por pessoa, sendo orientados a levar suas melhores roupas, joias e objetos de valor, como pratarias, castiçais e o que mais julgassem importante. Em geral, não eram objetos muito valiosos. As populações judaicas das pequenas cidades do Leste costumavam ser bastante pobres – era nos grandes centros urbanos que estavam as famílias mais ricas.

Tudo era muito bem pensado para enganar os judeus. Nas malas, deviam informar o nome do passageiro e a cidade de origem, da mesma forma que fariam em uma viagem habitual. Chegando aos campos de trabalho, as malas deviam ser deixadas nos vagões para serem entregues nos dormitórios, como um serviço de hotel. Desesperados e apavorados, os judeus acreditavam em tudo que lhes era dito – ou ao menos queriam acreditar.

Obviamente, nada daquilo era verdade.

Nos campos, a bagagem era confiscada, e os itens, catalogados com eficiência germânica. Depois de separado, tudo era enviado à Alemanha para o esforço de guerra. Até as roupas e os sapatos que os judeus usavam na chegada eram roubados, reformados e vendidos para os alemães. Os prisioneiros passavam a usar um uniforme listrado de azul e branco e um rústico par de tamancos de madeira.

E a sanha nazista não se limitava aos seus pertences. Dos cadáveres, extraíam até os dentes de ouro, que eram fundidos e reaproveitados. Chegavam ao exagero de dissecar os cadáveres, antes da cremação, em busca de joias que pudessem ter sido engolidas. Até os cabelos eram raspados e enviados às fábricas de estofamento de tanques de guerra. Depois da cremação, as cinzas e os restos ósseos eram triturados, ensacados e usados como adubo.

Mas era difícil controlar um comandante tão longe de Berlim. Em todos os campos, era comum que oficiais e soldados roubassem uma parte do butim antes de enviá-lo para o Reich. Mas com tantos milhões de judeus, eram tantos pertences que todos ficavam satisfeitos.

Assim era o dia a dia do comandante Joseph Muller durante os primeiros meses desde que assumira o novo campo: roubo, violência e tédio. Muito tédio.

Fora as atividades cotidianas, Muller também participava de reuniões em Berlim, nas quais apresentava seus relatórios sobre a atividade no campo e o balanço financeiro. Os campos eram financiados por bancos alemães, e o custo de construção não era pequeno. Milhares de quilômetros de arame farpado e cercas eletrificadas, dezenas de barracões, fornos crematórios e câmaras de gás, fora o salário dos soldados e dos voluntários ucranianos: tudo tinha que ser pago com o dinheiro do confisco dos prisioneiros.

Nas visitas à capital do Reich, o comandante comentava com os colegas sobre o tédio que sentia, reclamando da falta do que fazer enquanto Wodospad Niebieski não entrava em atividade máxima. A burocracia era um fardo para um homem de ação como ele.

Não via a hora de ver o campo funcionando a todo o vapor.

– Muller, por experiência própria, tenho um conselho para você. Case-se – recomendou um amigo durante uma dessas conversas. – Encontre uma boa alemã e comece uma família. Assim, terá companhia para se distrair e filhos para cuidar. Quando a guerra acabar, você pode comprar uma fazenda e ser feliz para sempre.

A sugestão parecia boa, pensou o comandante. Não era má ideia, não mesmo. Tinha um bom cargo, era jovem e uma grande fortuna o aguardava.

O casamento era o caminho natural. Só faltava achar uma noiva.

O primeiro encontro

— Faremos uma recepção em casa para alguns oficiais da SS amanhã. Você deveria ir, será uma oportunidade de conhecer bons partidos – disse Helga para Hannelore quando as duas se encontraram para o chá da tarde.

Helga já tinha filhos, e seu marido ocupava um alto cargo administrativo na SS. Nada faltava para eles: as famílias arianas eram premiadas quando tinham muitos filhos, e o próprio *Fürer* havia elogiado pessoalmente o casal.

— Uma nova geração de super-homens está surgindo para povoar o Leste Europeu – ele dissera na ocasião, referindo-se à família Hoftz.

Já fazia um ano que Hannelore estava sozinha, e começava a achar que era hora de conquistar um novo provedor. No auge dos seus 23 anos, estava mais linda do que nunca. Era o momento de dar mais um grande golpe.

— Aceito seu convite – disse, para a felicidade de Helga. – Só não vá me apresentar um homem velho ou feio.

— Não se preocupe! Já tenho até uma pessoa em mente. O comandante Joseph Muller virá ao jantar e procura por uma noiva. É o par perfeito para você – disse Helga.

Na noite seguinte, a alemãzinha escolheu um vestido bem sensual, que marcava suas longas pernas e expunha o colo na medida exata. Um batom vermelho realçava seus lábios carnudos. Para completar, colocou o colar de diamantes, sua melhor recordação de Rudolf.

Entrou na Mercedes que Helga colocara à sua disposição e reparou que o motorista era um senhor de meia-idade. Não havia mais motoristas jovens como Hermann; todos tinham sido convocados. Como Rudolf havia previsto, a guerra na frente russa não ia bem para a Alemanha, e o Exército necessitava de cada vez mais soldados. Aquele era mais um motivo para Hannelore pensar em casamento: os jovens começavam a rarear.

Hannelore ficou impressionada com a nova casa de Helga. Era uma enorme mansão de três andares, com várias salas e quartos.

Quando finalmente chegou ao salão onde a recepção ocorria, tudo aconteceu muito rápido: um oficial da SS, alto, forte e com um olhar maligno, pegou duas taças de champanhe e caminhou em sua direção com passos firmes.

Ele ofereceu uma taça a Hannelore.

– Oficial comandante Joseph Muller ao seu dispor – disse com o máximo de cortesia de que era capaz.

"Então esse é o tal do Muller. Nada mau", pensou Hannelore. Estava impressionada com a beleza do oficial, mas cuidou para não demonstrar nenhum interesse. O jogo ia começar.

– *Frau* Hannelore Schmidt – respondeu, pegando a taça de champanhe.

Helga viu que o casal já tinha se encontrado e correu até eles:

– Puxa vida! Vocês já se conheceram, nem me esperaram para apresentá-los – reclamou, brincando.

– Você disse que ela seria a mulher mais bela da festa, então não tive dúvidas – respondeu o comandante. – Onde descobriu esta obra de arte?

– Assim você me deixa sem graça – mentiu Hannelore. – Sou muito tímida.

– *Herr* comandante, na verdade eu disse que lhe apresentaria a alemã mais linda de todo o Reich – corrigiu Helga.

– Ela de fato está muito além do que eu imaginava!

Hannelore percebeu que ele tinha sido fisgado. Restava saber se valia a pena pescar aquele peixe.

O casal não se separou a noite toda. Beberam, conversaram e dançaram sem parar. Para Muller, foi paixão à primeira vista. Tentou conquistar a alemãzinha de todas as maneiras.

Hannelore observou que ele não tinha o requinte e a gentileza de Rudolf, mas sabia ser atencioso com uma mulher.

Do seu lado, Muller decidiu que, se fosse para se casar, deveria ser com uma mulher tão deslumbrante como aquela. Com ela ao seu lado, não haveria tédio no campo de Wodospad Niebieski. Os dias passariam rapidamente e as noites seriam de total prazer. Ele já fazia planos de reformar a casa que possuía ao lado do campo. Para ele, tudo estava decidido: casaria-se com Hannelore e os dois viveriam em Wodospad Niebieski até o final da guerra. Até lá, teria recolhido dinheiro suficiente dos judeus para construir uma fazenda nas terras férteis da Ucrânia e ter vários filhos. Esse seria seu prêmio por ter se mantido fiel ao *Führer* durante mais de dez anos.

Hannelore fazia o jogo que conhecia bem: aceitava os galanteios do comandante e se fazia de ingênua, de desinteressada, para que sua presa ficasse cada vez mais ansiosa. Se o plano era levá-lo ao altar, melhor se fazer de difícil. Ninguém conhecia o passado dela. O que havia acontecido entre ela e Rudolf foi apagado de todos os arquivos pela Gestapo – foi seu pedido para o agente Wolfberg. Aquela parte da sua vida estava zerada. Hans estava enterrado, Hermann havia se matado. Para todos os efeitos, era viúva de um professor herói de guerra, um franco-atirador que tombou lutando contra os franceses. Seu passado estava absolutamente limpo. Era a esposa ideal para um oficial da SS.

Os únicos que sabiam sobre Rudolf eram Helga e Hoftz, mas nenhum dos dois tinha qualquer interesse em divulgar tais fatos. Afinal, ambos queriam que ela se casasse com um oficial da SS.

Hannelore contou sua história para Muller da maneira que lhe convinha. Nasceu no interior, perdeu os pais ainda jovem, mudou-se para a capital com o marido professor, trabalhou como secretária em um escritório, conseguiu alugar um apartamento graças ao realojamento dos judeus e perdeu o marido para a guerra. Desde então, vivia solitária, triste, não conseguia encerrar o luto. Essa era a primeira festa a que ela ia desde a morte do professor Schmidt.

– Meu finado marido está sempre presente na minha memória.

– Hannelore, a guerra me transformou em uma pessoa fria e insensível, mas sua história é tão tocante que fiquei emocionado. Sou a pessoa certa para trazer de volta a sua felicidade – disse o comandante, dando um beijo carinhoso na mão da jovem.

Ela fingiu enxugar uma lágrima.

– Não sei se estou preparada para viver um novo amor.

– Vou ficar mais alguns dias em Berlim. Podemos nos conhecer melhor – ele propôs.

Nos dias que se seguiram, Muller se reuniu com Heinrich Himmler e Adolf Eichmann para tratar do transporte de judeus para o campo de Wodospad Niebieski. O comandante tinha pressa em receber os prisioneiros, pois isso significava mais dinheiro. Um país em guerra, levando adiante um plano de extermínio, como era a Alemanha nazista, tinha jogado havia tempos a ética no lixo. O sistema estava corrompido.

– Fique tranquilo, *Herr* comandante – disse Eichmann. – Até o final do ano, muitos comboios chegarão a Wodospad Niebieski.

Naquele mesmo dia, Muller ligou para Hannelore e a convidou para jantar.

Ela disse que ia pensar e daria a resposta mais tarde.

Marcou um café com Helga.

– Mas por que o comandante de um campo de concentração?

Helga se espantou com a desinformação da amiga.

– Hannelore, você sabe o que se passa nos campos do Leste?

– Não.

– Então é por isso que você ainda não entendeu a grande oportunidade que está perdendo.

Helga olhou para os lados e se aproximou de Hannelore. Baixando o tom da voz para que ninguém a ouvisse, explicou o que eram os campos de concentração nazista no Leste Europeu.

– É para onde levam os judeus. Já são 3 milhões da Polônia, 800 mil da Ucrânia, 300 mil da Lituânia, 90 mil da Holanda e 800 mil da Hungria – disse Helga, repetindo o que ouvia do marido.

– E por que eu trocaria o luxo de Berlim por uma vida nos confins da Polônia?

– O que você acha que vai acontecer com os bens desses judeus, minha amiga? Diamantes, ouro, prata: é uma fortuna incalculável e facilmente transportável. Isso lhe diz alguma coisa? – perguntou, sorrindo.

Finalmente tudo fez sentido para Hannelore.

Aceitou o convite de Muller para jantar.

Senhora Schultz-Muller

7º DEGRAU

Aos 23 anos, Hannelore estava casada com um promissor oficial da SS. Passaram a lua de mel em Salzburgo, na Áustria, presente dos padrinhos Helga e Michael Hoftz.

Joseph Muller não acreditava no que via. As pernas tão longas que pareciam não ter fim; a bunda redonda e lisa, branca como o leite e firme como uma rocha; a cintura fina servindo de pedestal para um par de seios perfeitos, impecáveis, que pareciam tentar explodir o sutiã; o batom vermelho realçando os lábios, que jorravam sensualidade.

Os dois foram para a cama.

Hannelore gemia de falso prazer, deixando o desavisado comandante cada vez mais excitado. O oficial Joseph Muller nunca estivera com uma mulher como aquela.

— Juro lealdade a você da mesma maneira que jurei lealdade à pátria e ao *Führer* – ele disse, beijando cada parte do seu corpo. – Sou o comandante Joseph Muller do Campo de Wodospad, dono da vida de milhares de prisioneiros. O que você desejar, eu farei.

Hannelore já tinha planejado cada passo do seu futuro.

De volta a Berlim, preparou sua mudança.

Embarcaram no vagão de primeira classe do trem que saía da Central Bahnhof com destino a Varsóvia. Era a mesma rota usada para transportar os judeus, que iam amontoados em vagões de gado para os campos de concentração e extermínio do Leste.

Dormiram no Hotel Bristol, o mais luxuoso da Polônia, usado como quartel-general da Gestapo. O prédio ocupava quase um quarteirão e tinha uma cúpula, de onde era possível enxergar boa parte de Varsóvia.

Muller queria impressionar Hannelore. Achava importante que ela não se sentisse deslocada em um país atrasado e rústico como a Polônia.

O Hotel Bristol tinha pisos de mármore polido, escadarias com corrimões dourados e mordomos de luvas brancas. O restaurante, que ficava ao fundo, dava para um jardim muito bem cuidado.

O carregador levou as malas de Hannelore para o lobby do hotel. Enquanto Muller cuidava do check-in, a alemãzinha observava o que se passava ao redor.

Não havia civis, apenas militares alemães. Muitos dos oficiais estavam acompanhados de belas e jovens polonesas – prostitutas, com toda a certeza. Apesar da guerra, da destruição e do sofrimento que havia nas ruas de Varsóvia, sempre havia lugar para o luxo e o sexo.

Subiram para o quarto, onde ela aproveitou para tomar um relaxante banho de banheira, seu maior prazer. Depois, fizeram amor até o anoitecer.

Na hora do jantar, Muller vestiu seu uniforme impecável, Hannelore escolheu seu melhor vestido e os dois desceram para o restaurante do hotel, que estava lotado. Um quarteto de cordas tocava Chopin, e os oficiais se divertiam com as prostitutas.

– Como você pode ver, a vida em Varsóvia não é muito diferente de Berlim – mostrou o comandante.

– Agora que é um homem casado, espero que se comporte – disse Hannelore, fingindo ciúmes.

– Não se preocupe, minha querida. Olhe em volta: nenhuma delas chega aos seus pés.

O jantar foi regado a champanhe e vinhos franceses, e os pratos eram tão sofisticados quanto aqueles servidos em Berlim. Enquanto a população de Varsóvia vivia sob racionamento e os judeus morriam de fome no gueto, a elite alemã desfrutava de uma noite farta.

No dia seguinte, após tomar o café da manhã no quarto, o casal embarcou em uma Mercedes que os aguardava na porta do Bristol e seguiu viagem até Wodospad Niebieski.

Chegando à cidade, um muro extenso e muito alto, feito de tijolos vermelhos e cercado por arames farpados, protegido 24 horas por guardas armados, chamou a atenção da alemãzinha. Era o gueto de Varsóvia, que ocupava alguns quarteirões daquele território. Ali ficaram confinados cerca de 380 mil judeus, um terço da população da capital polonesa. Faltava de tudo: água, comida, medicamentos e espaço. Milhares de pessoas morreram vítimas de doenças e inanição, e outras milhares foram enviadas para os campos de extermínio.

– O que há por trás desse muro? – perguntou Hannelore quando o carro passou ao lado da construção.

– O gueto. Os judeus ficam confinados aqui para evitar que transmitam doenças.

Wodospad Niebieski

O trajeto até o campo era longo, permeado de estradas de terra e paisagens totalmente planas.

– Napoleão já dizia que a Polônia é uma planície perfeita para um campo de batalha – comentou Muller com bom humor. – Tem sido assim por séculos nas guerras entre a Europa Ocidental e o Império Russo. Os coitados dos poloneses estão sempre no meio do caminho.

Hannelore olhava pela janela do carro se perguntando o que estava fazendo naquele fim de mundo. Tinha lutado muito para sair de Lilienthal, e agora lá estava ela, de volta a um lugar muito parecido com sua cidade natal, longe da civilização e do luxo de Berlim. Ela se questionava se tinha feito a escolha certa.

Durante horas e horas, tudo o que viu foram alguns casebres, um pouco de gado, plantações de tabaco e de trigo. Sua vontade era de matar Helga: por que confiara na amiga quando ela disse que se casar com um comandante da SS seria um excelente negócio?

O motorista do carro, por outro lado, era muito interessante; poderia ser um bom passatempo naquele fim de mundo. Percebendo que o comandante inspirava medo, ele se limitava a olhá-la discretamente. Seu novo marido era bem diferente de Rudolf e Hermann.

O caminhão que seguia com as malas de Hannelore ficou bem para trás. Não conseguia acompanhar o carro.

Pararam duas vezes no meio do caminho, em pequenas cidades, para comer alguma coisa e descansar um pouco. O comandante procurava manter o humor de Hannelore para cima, e ela fingia não se incomodar.

Já era noite quando ela começou a sentir um cheiro estranho, agri-doce, um pouco ardido. Conforme o carro se aproximava do campo, o odor aumentava. Ela reparou, então, em uma chaminé bem alta que soltava fumaça e cinzas. Era de lá que vinha o fedor.

– Que cheiro estranho, o que é isso? – perguntou para o marido.

– É uma fábrica que temos dentro do campo – respondeu o coman-dante, fingindo não dar importância.

– E sempre cheira assim?

– Só quando a produção aumenta, meu amor, mas logo você se acostuma. Eu nem sinto mais esse cheiro – disfarçou Muller.

Quando chegaram mais perto, ela viu que o campo era cercado por duas fileiras muito altas de arame farpado, além de várias torres de segurança e holofotes potentes que lambiam os muros com suas luzes. A linha de trem chegava bem na entrada do campo.

Sobre o portão de entrada havia uma inscrição fundida em ferro: *Arbeit macht frei*, "o trabalho liberta".

Ela sentiu um mal-estar ao ver as cercas, as torres de segurança, os holofotes, os soldados armados, os cachorros ferozes. Um arrepio percorreu seu corpo. Teve um pressentimento de que algo muito ruim acontecia ali. Nunca tinha visto algo tão aterrorizante.

Tomou um susto ao sentir a mão do comandante segurar a sua.

– Não se preocupe, minha querida, não vamos entrar ali. Nossa casa fica fora do campo – disse Muller, sentindo sua aflição.

O carro fez uma curva à esquerda e os faróis iluminaram uma imensa construção de dois andares, muito bem cuidada. Hannelore respirou aliviada.

Na escadaria da entrada, os empregados haviam se organizado em duas fileiras para aguardar o patrão. Na da esquerda, estavam um sargento, três ajudantes de ordens e vários soldados impecavelmente uniformizados. Quando o casal se aproximou, foram saudados com "*Heil* Hitler". Na outra fileira havia cerca de dez empregados, que chamaram a atenção de Hannelore devido aos uniformes listrados, que cobriam seus corpos extremamente magros, e à expressão de abatimento em seus rostos.

Eles olhavam para baixo, com toda a humildade.

– Estes são seus jardineiros, cozinheiras, arrumadeiras, passadeiras. Todos estão a sua disposição 24 horas por dia. – O comandante apontava os empregados à direita como se fossem fantasmas. – Se precisar de mais pessoal ou se não gostar de alguém, basta me dizer que tomarei as devidas providências.

Hannelore estranhou aquele grupo, mas não falou nada. Cada coisa no seu tempo. Naquele momento, estava curiosa para conhecer sua futura residência.

Entraram na casa e, pela primeira vez desde que haviam saído de Varsóvia, ela abriu um sorriso. Muller notou, com alívio, a satisfação da esposa.

A decoração poderia perfeitamente ser de uma mansão berlinense. Ela jamais imaginara que poderia haver tanto luxo naquele canto do mundo.

Todo o mobiliário era de extrema qualidade: os lustres eram de cristal Baccarat, as cortinas de veludo grosso, e havia até um piano de cauda.

– Quando quiser ouvir música, temos um prisioneiro que é um excelente pianista. Ele tocava na Filarmônica de Minsk e pode reproduzir a música que preferir – disse Muller.

O comandante percebeu que Hannelore tinha adorado a casa. Ela subiu a escada para ver os quartos e ficou encantada ao entrar no dormitório de casal. Era um quarto imenso, com uma linda cama, lençóis de algodão macios, edredons de penas de ganso e vários travesseiros.

– Meu apartamento inteiro cabe dentro deste quarto – disse, sorrindo.

– Eu falei que você ia adorar! – comemorou o comandante.

A casa parecia perfeita. A única coisa que ainda a desagradava era aquele cheiro agridoce. Ela se perguntava se algum dia se acostumaria com aquilo.

Muller mandou que servissem o jantar.

Beberam duas garrafas de champanhe francesa, ambas retiradas de uma adega repleta de bons vinhos.

– Nada faltará a você, minha amada. Seus desejos são ordens a serem cumpridas.

Depois do jantar, os dois subiram para o quarto.

Com o cansaço da viagem e as duas garrafas de champanhe, o comandante dormiu na mesma hora, para a felicidade de Hannelore.

Ela tirou a roupa, vestiu a camisola e entrou embaixo das cobertas. Também estava cansada, queria dormir, relaxar, mas aquele cheiro continuava a incomodar.

As cinzas

Joseph Muller cruzou o portão principal do campo, que ficava a menos de cem metros da casa, montado no seu cavalo preferido.

Quando ele passava, os soldados o cumprimentavam com "*Heil Hitler*", e os prisioneiros eram obrigados a tirar o boné e abaixar a cabeça.

Parou na porta do escritório e mandou que um prisioneiro levasse seu cavalo para ser escovado, e receber água e comida. O animal se alimentava melhor do que os prisioneiros.

Herr comandante entrou sorridente no escritório, e sua felicidade não passou despercebida. Todos vieram cumprimentá-lo pelo casamento, querendo saber quando conheceriam a noiva mais feliz do leste da Polônia.

– Amanhã à noite darei um jantar em casa para as apresentações.

Todos aplaudiram o convite do chefe. Fazia tempo que não havia uma boa festa no campo.

Um oficial se aproximou com uma informação que deixou todos ainda mais felizes.

– *Herr* comandante Muller, Berlim mandou um presente de casamento maravilhoso.

– Eu acho que já sei o que é – disse Muller, abrindo um sorriso.

– Daqui a trinta dias os transportes começarão a chegar, totalizando 20 mil peças! – o oficial informou com muita alegria.

"Peças" era o eufemismo usado pelos nazistas para se referir aos judeus.

Todos aplaudiram a notícia. Aquilo significava que o campo finalmente começaria a trabalhar a todo vapor.

Hannelore acordou tarde. Quando desceu para tomar o café da manhã, encontrou uma mesa muito bem arrumada. Ela já estava acostumada ao luxo e à mordomia de Berlim, mas aquilo havia superado suas expectativas. Os talheres eram de prata, polidos como nunca tinha visto; os copos de cristal, da melhor qualidade; a louça Limoges, a toalha de um linho branco como a neve e impecavelmente bem passada. Havia também os mais variados tipos de pães e geleias, e um delicado arranjo de flores decorava o centro da mesa. Não vira nada igual nem quando ficou hospedada em Paris. Se o comandante queria impressioná-la, havia conseguido.

Duas prisioneiras com uniforme de copeira aguardavam suas ordens.

– Bom dia – cumprimentou Hannelore, inocentemente.

Não houve resposta.

– Eu disse "bom dia" – repetiu, achando estranho aquele silêncio.

As prisioneiras se olharam pelo canto dos olhos, também estranhando aquela interação da alemãzinha. Hannelore, que tinha um sexto sentido aguçado, percebeu que algo estava errado.

– Qual é o problema? Vocês não podem falar comigo?

As duas se entreolharam novamente. Ao ver que não havia mais ninguém na sala, uma falou baixinho:

– Não.

– Como assim?

Nenhuma das duas respondeu mais nada. Intrigada com a situação, Hannelore se aproximou.

– Olhem para mim.

Elas continuaram olhando para o chão.

– Olhem para mim, estou mandando.

Elas levantaram a cabeça.

– Quem proibiu vocês de falarem?

A única resposta foi o silêncio.

– Foi *Herr* comandante Muller?

Uma das prisioneiras confirmou com a cabeça.

– A partir de agora, quem dá as ordens nesta casa sou eu. E vocês estão autorizadas a falar comigo. Fora daqui ele pode mandar, mas aqui dentro de casa mando eu – falou com firmeza, mas sem agressividade. – Entendido?

As duas balançaram a cabeça afirmativamente.

– Quero ouvir de vocês: entendido? – repetiu Hannelore.

– Sim, senhora *Frau* Muller – as duas responderam em uníssono.

– Muito bem, prefiro assim. Agora, se puderem me trazer leite e chá quente, ficaria muito agradecida.

As duas correram para a cozinha, espantadas com a gentileza da nova patroa. Havia um fio de esperança de que a sorte delas mudaria, de que a vida ficaria mais fácil a partir de então.

Enquanto Hannelore comia, as copeiras se mantinham próximas para atendê-la em qualquer necessidade.

A patroa examinou as duas com atenção e não gostou do que viu. Por baixo do avental de linho, usavam o uniforme de prisioneiras.

– Que coisa mais feia esse uniforme listrado. Vocês não têm outra roupa?

As duas se olharam mais uma vez, espantadas com a pergunta de Hannelore.

– O que são esses triângulos e números costurados aí na frente?

A mais corajosa respondeu:

– A senhora não sabe o que acontece nos campos?

– Não em detalhes, eu acho. Se vocês puderem me explicar, agradeço.

– Bem, não sei por onde começar.

– Pelo começo – disse Hannelore.

A outra prisioneira fez um comentário em ucraniano, para que Hannelore não entendesse:

– Cuidado com o que você vai falar.

– *Frau* Muller, os prisioneiros são obrigados a usar este uniforme. Não temos outra roupa.

– Vou pedir para o comandante providenciar algo para vocês. Isso é horrível, me incomoda vê-las tão malvestidas. E o que são esses símbolos no uniforme?

– Este triângulo amarelo costurado no peito indica que somos judias. A letra "U", que viemos da Ucrânia. E o número é nossa identificação – explicou a primeira.

– E por que estão com os cabelos tão curtos? – Hannelore achava tudo tão estranho que não controlava sua curiosidade.

– Por razões de higiene, para evitar piolhos e outros bichos.

– Vou providenciar um lenço para vocês cobrirem a cabeça. E essa magreza, o que é isso?

Nenhuma das duas respondeu.

– Não fale nada – disse a outra, em ucraniano.

– O que ela disse? – perguntou a patroa.

Elas ficaram em silêncio.

Hannelore quase achava graça naquela situação. Estava para nascer uma pessoa que conseguisse enganar a alemãzinha: se aos 23 anos já manipulava os homens mais poderosos da Alemanha, não seria uma mocinha de 18 anos que a passaria para trás.

– Ela pediu para você não falar nada, não foi? – perguntou com delicadeza.

A prisioneira abaixou a cabeça.

– Vocês recebem pouca comida, é isso. Passam fome. Não quero que isso aconteça. Se vocês vão trabalhar para mim, se vou encontrá-las diariamente, não quero ver essa cara de fome, entenderam?

As duas continuaram de cabeça baixa.

– Olhem para mim – ordenou Hannelore com firmeza.

Elas levantaram os olhos.

– Peguem estes pães e comam. É uma ordem.

Nenhuma das duas se mexeu.

Hannelore pegou dois pães e colocou nas mãos das prisioneiras.

– Comam!

Para seu espanto, elas devoraram rapidamente.

– A partir de hoje, vocês vão comer o que quiserem. Em uma semana, no máximo, quero ver as duas com outra aparência.

Depois de tomar seu café, Hannelore foi explorar a casa. Havia um grande salão onde cabiam facilmente mais de cem pessoas. Ela notou que as paredes estavam forradas de quadros. Não entendia nada de arte, mas imaginou que deviam ser bons artistas. Chamou as duas prisioneiras novamente:

– Vocês entendem de arte?

– Sim, *Frau* Muller – confirmou uma das jovens.

– Então me diga: essas obras são de pintores importantes?

Pela primeira vez, a prisioneira se animou. Seu pai tinha uma galeria e ela estudava artes antes de a guerra começar. Passou a descrever quadro por quadro. Havia grandes pintores naquela casa.

Ouvir aquilo também animou Hannelore. Não pela arte em si, mas porque sabia que aqueles quadros valiam uma fortuna. E se pertenciam a Joseph Muller, graças ao casamento, também pertenciam a ela.

– Aqui está minha primeira tarefa para você – disse a patroa, virando-se para a ex-estudante. – Quero que liste todos esses pintores e faça uma avaliação de cada quadro.

"De diamantes eu entendo, agora preciso entender de obras de arte", pensava.

Quando saiu da casa, encontrou dois jardineiros trabalhando. Eles também usavam uniforme e estavam muito magros.

Ao verem a alemã, os dois tiraram o boné e abaixaram a cabeça em sinal de respeito.

Ela viu que ambos traziam o triângulo amarelo costurado ao peito, mas a letra que os acompanhava era um "P". Eram judeus poloneses.

Hannelore andou pelo terreno em volta da casa e achou tudo lindo, muito bem cuidado. A única coisa que a incomodava era aquele terrível cheiro agridoce.

E então percebeu que as folhas, as cercas e todo o restante do jardim estavam cobertos por um pó cinza, bem fininho, que o vento trazia do campo.

Passando o dedo pela cerca, pegou um pouco do pó e esfregou entre o polegar e o indicador.

"Cinzas. Preciso perguntar a Joseph o que são essas cinzas."

O comandante Muller só voltou para casa no final do dia.

Mandou que servissem champanhe.

– Já vou descer para conversarmos, querido – respondeu Hannelore do quarto.

Quando se sentaram para jantar, foram recebidos com pratos muito bem apresentados e apetitosos. Para sobremesa, um *apfelstrudel* levíssimo.

– Meu querido marido, o que é esse cheiro agridoce que impregna o ar?

– São os judeus, minha querida.

– E as cinzas?

– Também.

Hannelore em breve perceberia que Joseph Muller tinha a capacidade de dizer as maiores atrocidades como se fossem a coisa mais natural do mundo.

A festa

Era o segundo dia de Hannelore em Wodospad Niebieski. Quando desceu para tomar seu primeiro café com Muller na nova casa, percebeu que as empregadas ficavam apavoradas na presença do comandante. Elas tremiam só de servi-lo.

— Meu querido, dei ordens para que elas comessem o que quisessem. Não gosto da aparência delas.

— Se isso te incomoda, faça como achar melhor.

Ao terminar o café da manhã, o comandante se lembrou da festa.

— *Ach*! Quase me esqueci de avisar que hoje daremos um jantar para os oficiais. Quero apresentá-la formalmente a todos os meus comandados. Peça mais empregados se precisar de ajuda para os preparativos, e se quiser algo que não tenha na despensa, me avise que mandarei pegar dos poloneses que vivem na região.

Muller se levantou, despediu-se e mandou que trouxessem seu cavalo.

Hannelore nunca tinha organizado um jantar. Na casa dos seus pais, em Lilienthal, não havia eventos como esse. Em Berlim, sempre jantava fora. Sabia que deveria preparar uma grande e luxuosa cerimônia, mas por onde começar? Apelou novamente para as duas prisioneiras.

— Quem pode me ajudar com esse jantar?

— Dona Sara, que cuida da cozinha, senhora.

— Então diga a ela que venha até aqui.

Dona Sara era uma prisioneira de 40 anos. Ao se apresentar à nova patroa, explicou que vinha de uma família de judeus de Lublin e que estava acostumada a organizar jantares para o marido, um ex-milionário do ramo de peles.

– Preciso que você organize um jantar para quarenta pessoas. Tudo deve ser do bom e do melhor – instruiu Hannelore.

Dona Sara percebeu que aquela era uma oportunidade excelente para alimentar um grupo de prisioneiros.

– Vou precisar de dez assistentes para preparar a comida e servir as mesas.

– Isso não será problema – assegurou Hannelore. – Faça o que for necessário.

Os convidados chegaram quase todos na mesma hora. Eram oficiais da SS que trabalhavam no campo, acompanhados das esposas ou namoradas.

Todos tratavam *Herr* comandante com muito respeito e admiração, e essa deferência foi transferida para Hannelore, que se sentia lisonjeada. Para eles, era a honrada esposa do comandante Muller.

Conversou com vários casais e se inteirou um pouco da vida de cada um. Os casados moravam nas residências próximas, tomadas dos poloneses. Os solteiros viviam dentro do campo, em casas feitas especialmente para eles, com todo o conforto. Todos se sentiam muito bem e adoravam aquela vida.

– O cheiro não incomoda vocês? – perguntou Hannelore quando teve a chance.

– A gente se acostuma, você vai ver – disse a esposa de um tenente.

A recepção estava maravilhosa, regada a comes e bebes da melhor qualidade. Quando o jantar foi servido, os convidados aplaudiram e elogiaram a esposa do comandante. Ela não tinha a menor ideia do que seria servido, havia deixado tudo por conta da prisioneira. Mesmo assim, achou melhor agradecer os cumprimentos.

Após o jantar, uma pequena orquestra composta de prisioneiros se apresentou. Um deles sentou-se ao piano de cauda e, quando começou a tocar, deixou a sala inteira em silêncio. Experientes, os músicos transmitiam do fundo da alma o sentimento de cada música.

Terminada a primeira canção, Joseph pediu que tocassem uma valsa e tirou a esposa para dançar. Vários casais os acompanharam.

Enquanto giravam pelo salão, Hannelore observou as mulheres. Todas usavam roupas caríssimas e joias que pareciam das mais valiosas.

Havia muito dinheiro a ser conquistado em Wodospad Niebieski.

Um ano depois

– Muller tinha razão: a gente acaba se acostumando com o cheiro – disse Hannelore enquanto cavalgava sobre seu motorista, um jovem soldado da SS, no banco de trás da Mercedes.

Com pouco mais de 19 anos, o rapaz era um ariano que parecia ter saído de um cartaz de propaganda nazista.

Hannelore definitivamente tinha uma queda por motoristas alemães.

– Com o cheiro a gente se acostuma, mas as cinzas sempre vão incomodar – respondeu o jovem, apertando com força as nádegas da jovem.

– O segredo é enxergá-las como uma fortuna caindo do céu – disse a alemãzinha entre gemidos.

– Que comparação horrível! Até cortou meu tesão.

O soldado se desemaranhou da amante e saiu do carro, encostando-se à porta e acendendo um cigarro. Deu uma tragada de arrancar os pulmões.

Hannelore foi atrás dele.

– Qual é o seu problema? Acostumou-se com o cheiro de carne queimada, estuprou as judias que quis, roubou lindos casacos de pele para sua mãe, mandou joias para a sua noiva e agora vai dar uma de santo? – Ela estava quase cuspindo no jovem SS.

O soldado tirou a pistola do coldre e a enfiou na boca de Hannelore. Em vez de se intimidar, porém, a alemã simulou sexo oral no cano gelado da arma.

O garoto se excitou novamente e a virou de maneira brusca. Apertando-a contra o carro, ele a penetrou por trás, com violência.

– Isso, com força! Me machuca! – ela gritava.

Após um ano em Wodospad Niebieski, o comportamento de Hannelore havia mudado completamente. Antes calma e controlada, tornara-se agressiva e impaciente, tratando os funcionários com rispidez e se irritando por qualquer motivo. A impressão inicial de que Wodospad Niebieski era um lugar bucólico tinha rapidamente desaparecido. Aquele era um campo de trabalhos forçados, de extermínio.

Tudo girava em torno da morte: quando chegariam novas cargas, quantas "peças" haveria em cada vagão, de que cidades elas vinham, quantos se tornariam escravos nas indústrias alemãs, quantos seriam eliminados na chegada.

E havia o cheiro agridoce. As cinzas.

Um dia, durante o sexo, Muller a surpreendeu com uma notícia:

– Amanhã você vai conhecer o Canadá, minha querida – dissera o comandante na ocasião.

– Canadá?

– Você vai entender quando chegar lá. – Um sorriso sinistro estampava o rosto do marido.

No dia seguinte, a Mercedes que levava Hannelore ultrapassou os portões e entrou no campo. O motorista os dirigiu até um grande galpão que ficava no outro extremo, a oeste.

Quando o carro parou, o soldado desceu para abrir a porta e olhou mais do que deveria para a esposa do comandante. Se tinha algo que Hannelore percebia era um homem interessado nela. "Como se fosse possível alguém não se interessar!", pensou, divertindo-se.

Ela caminhou na direção do galpão e ouviu outro soldado gritar "*Heil Hitler*". Em seguida, um prisioneiro abriu a imensa porta por dentro.

O comandante estava de pé, esperando para fazer uma surpresa.

– Bem-vinda ao Canadá, *meine liebe frau* – disse Muller com um grande sorriso, os braços abertos apontando para o conteúdo do galpão.

O comandante fez sinal para que ela o acompanhasse.

Do lado esquerdo, havia malas a perder de vista. Do lado direito, pilhas de casacos de pele de todas as cores e qualidades: *vison*, chinchila, raposa, foca, arminho.

Sobre as mesas, joias de todos os tipos: colares, pulseiras, brincos, anéis, alianças, diamantes, rubis, safiras, pérolas. Parecia o estoque da maior joalheria de Berlim, mas não parava por aí. Havia uma sessão só de pratarias, faqueiros, castiçais, menorás, samovares. Outra só de roupas masculinas, femininas e infantis, barbeadores, óculos, monóculos, bolsas, brinquedos. O barracão era imenso e estava repleto dos mais variados artigos.

– O Canadá é seu, *meine liebe*. Pode escolher o que quiser – disse o comandante, dando um beijo na esposa.

Hannelore olhou ao redor sem saber o que falar ou o que fazer. Vários prisioneiros continuavam esvaziando as malas e separando o conteúdo, colocando cada coisa em seu devido lugar. Funcionários ucranianos cuidavam para que nada fosse roubado.

– Escolha com calma, meu bem, não tenha pressa.

Hannelore não queria demonstrar, mas estava chocada. Ela sabia que cada uma daquelas malas, cada um daqueles objetos, pertencia a alguém que estava preso em Wodospad Niebieski.

O prisioneiro poderia, inclusive, estar em uma câmara de gás naquele mesmo instante.

– O que será feito de tudo isso? – perguntou ao marido, embora já imaginasse a resposta.

– O que você não quiser será enviado para a nossa central em Berlim, onde os objetos passarão por uma triagem. O ouro e as joias serão usados para o esforço de guerra. O resto será reformado e vendido para os alemães.

Então era verdade o que ela ouvira em Berlim.

Estava confirmado o que Helga havia dito no Café Germânia.

Hannelore estava chocada, é verdade, mas era uma mulher pragmática e não resistiria à oferta. Afinal, tinha tudo ali, ao seu alcance. Com muita calma, selecionou todas as peças de que gostava, agradeceu ao marido, despediu-se e voltou para a Mercedes.

Ao entrar no carro, deu uma ordem ao jovem soldado:

– Não me leve para casa, quero passear um pouco. – Estava abalada, precisava relaxar. Decidiu seduzir o motorista.

E assim nasceu aquela relação.

Depois daquele dia, Hannelore voltou ao Canadá tantas vezes que se acostumou à ideia de saquear os judeus. Foi a partir daí que sua personalidade começou a mudar, tornando-se cada vez mais violenta.

Isso aconteceu quase um ano antes de o motorista ter uma crise de consciência.

De volta àquela tarde lasciva junto à Mercedes, o jovem soldado continuava a penetrá-la por trás. Ela tinha as mãos apoiadas no capô e mantinha as pernas abertas, sentindo o calor percorrer todo o seu corpo.

– Vai, mais forte! Quero que você me faça gozar muito. Imagine sua noivinha te esperando em Berlim, usando as joias que você mandou para ela. Imagine-a nua por baixo de um casaco de *vison* que você pegou no Canadá.

Ela sentiu o jovem soldado gozar com vontade.

Então, ouviu um tiro de Luger muito próximo de seu ouvido.

Ao se virar, encontrou o soldado caído com a arma nas mãos. Havia dado um tiro na própria boca.

Uma poça de sangue se formava embaixo da cabeça do jovem, espalhando-se e grudando na terra.

Hannelore percebeu que seus cabelos estavam sujos do sangue do amante. O tiro fora disparado muito perto dela.

– Filho da puta! Como vou explicar isso para o Joseph? – esbravejava a alemãzinha enquanto entrava no carro e guiava para casa.

No caminho de volta, ela se deu conta de toda a loucura que a rodeava.

Dentro do campo, os alemães falavam sempre aos berros, enquanto nas festas e reuniões eram educados e gentis.

Os trabalhadores poloneses e ucranianos eram brutos com os prisioneiros: batiam-lhes com os cassetetes e empurravam qualquer um, não se importando se eram homens ou mulheres, velhos ou crianças.

Os soldados matavam a sangue frio por qualquer motivo.

O comandante era impiedoso com os empregados. Bastava um erro para que fossem mandados para a câmara de gás.

E havia o cheiro agridoce e as cinzas.

Havia o suicídio do motorista em uma crise de consciência.

Ao chegar em casa, jogou a roupa suja de sangue na lareira acesa e entrou na banheira quente para se lavar. Hannelore sabia que algo nela havia mudado.

Bombardeios

O ponto de virada da Segunda Guerra Mundial foi a batalha final por Stalingrado.

Hitler investira muito esforço na conquista daquela cidade estratégica, mas os russos lutaram de maneira espantosa: mesmo após um cerco de sete meses e uma baixa de centenas de milhares, entre soldados e civis, em 2 de fevereiro de 1943 o Exército Vermelho destruiu as forças invasoras e reverteu o curso da guerra. Os soviéticos começaram a reconquistar o território perdido em marcha para Berlim.

Paralelamente, depois de anos sofrendo ataques contra alvos civis, os ingleses decidiram dar o troco na mesma moeda. Alguns meses antes, após a conquista da França, a Alemanha passara a bombardear Londres e outras cidades do país, acreditando que os ataques minariam a resistência inglesa e que os soldados se renderiam. Churchill, eleito primeiro-ministro à ocasião, comandou seu exército com extrema competência.

Com a entrada dos Estados Unidos na guerra, aviões e armas foram distribuídos à Royal Air Force, permitindo que os ingleses despejassem toneladas de bombas contra as cidades germânicas. Agora, a situação na Alemanha era de caos e destruição. Era olho por olho, dente por dente.

Frente àquela mudança de cenário, Michael Hoftz foi promovido e transferido com toda a família para Hamburgo, segunda maior cidade da Alemanha e importante porto através do Rio Elba.

Helga escreveu uma carta muito animada para Hannelore, na qual contava sobre aquela conquista em detalhes. Michael se tornara o oficial mais importante da SS na cidade. Eles tiveram mais um filho e se mudaram para um castelo, onde eram servidos por empregados retirados do campo de concentração de Neuengamme, distrito de Hamburgo. "A vida é maravilhosa", ela encerrava seu relato.

Hannelore respondeu com uma carta de poucas linhas. Não gostava de dar detalhes da sua vida. O casal Hoftz era o único que sabia do seu passado, e ela preferia que se esquecessem dela – mas isso não acontecia.

O destino, no entanto, parecia sempre disposto a colaborar com Hannelore. Algumas semanas depois que a família Hoftz se mudou para Hamburgo, o comandante Muller surgiu com uma triste notícia:

– Minha querida, os ingleses despejaram toneladas de bombas sobre Hamburgo, em um ataque cruel contra civis inocentes.

Para os nazistas, os alemães eram sempre civis inocentes. Convenientemente, pareciam se esquecer da violência com que tratavam as populações das áreas conquistadas.

– Foram usadas bombas incendiárias de imenso poder, grande parte da cidade foi destruída. A operação deixou dezenas de milhares de mortos.

"Nada diferente do que os nazistas fizeram contra Londres", ela pensou.

– Sinto informar que toda a família Hoftz faleceu em um desses bombardeios – finalizou o comandante, com grande pesar.

Fingindo lamentar a morte dos amigos, Hannelore simulou estar chocada e triste.

Por dentro, no entanto, seu coração estava em festa. O último elo com seu passado acabava de se romper.

Seleção

Os dias passavam lentamente em Wodospad Niebieski. Hannelore tentou ir para Berlim algumas vezes, mas o comandante era ciumento e nunca permitia as viagens. Suas únicas distrações eram os motoristas, quando valiam a pena, e as visitas ao Canadá, que só aconteciam quando algum transporte novo chegava com novidades.

Seus armários estavam abarrotados de roupas, casacos de peles e botas do mais fino couro. Também havia acumulado uma verdadeira fortuna em joias roubadas dos judeus.

– Estou entediada – reclamou certa vez com o marido. – De que adiantam todas essas roupas e joias maravilhosas se não tenho onde usar? Aqui não existem restaurantes ou teatros, e estou cansada de ficar trancada em casa sem ter o que fazer! Você tem o seu trabalho, todo mundo aqui tem algo para se ocupar, menos eu!

– Tem razão, querida, vou arrumar algo para você se distrair. Um transporte novo chegará na semana que vem, você pode ir para assistir à seleção.

– Selecionar mais casacos de pele? Não, obrigada – respondeu impaciente.

– Não, meu amor. Você verá como são escolhidos os prisioneiros que irão trabalhar e os que serão descartados.

Tudo era dito por meio de eufemismos. O que a surpreendeu foi que não ficou chocada com a cena que estava prestes a assistir.

Lembrou-se do cheiro agridoce e das cinzas.

No dia combinado, o comandante Muller levou a esposa ao local de triagem e explicou como o processo era realizado. Os prisioneiros desciam do trem, formavam uma fila e passavam pela frente do selecionador. Os jovens, geralmente mais fortes, eram encaminhados para a direita, de onde seguiam para os barracões e, posteriormente, eram enviados para o trabalho forçado. Os outros, em geral velhos, enfermos, crianças e mães com bebês, eram encaminhados para a esquerda, de onde seguiam para as câmaras de gás.

– E como vocês aguentam a gritaria e a choradeira nessa hora? – perguntou Hannelore, preocupada com o próprio bem-estar.

– Não existe isso, minha querida. Eles não sabem o que vai acontecer, acham que serão levados para tomar banho. É importante seguir cada passo à risca e não separar as mães dos filhos pequenos. A sensação de poder é incrível! Você vai adorar o trabalho.

No primeiro dia de seleção, Hannelore entendeu o que o marido quis dizer.

Logo que chegou ao campo, foi recebida por uma oficial que a levou para provar alguns uniformes. A soldada explicou que, para participar da operação, era preciso estar fardada, e não com roupas civis.

Ela gostou do resultado, sentiu-se ainda mais sensual vestida dessa maneira. O comandante foi até uma estante, pegou um chicote e entregou para a esposa.

Quando chegaram ao local da triagem, se depararam com um grupo de oficiais que fumava e contava piadas, como se estivesse em um bar com amigos.

Uma longa fila de prisioneiros esperava havia horas pelo início do processo. Muller deu ordem para começar.

Aos gritos, como era de praxe, os soldados alemães mandaram os prisioneiros passarem em revista.

Um dos oficiais era médico e rapidamente examinava a condição de saúde de cada preso. Quem parecia forte, ia para a direita, e quem estava debilitado, era muito jovem ou muito velho, ia para a esquerda.

– Você para a direita, você para a esquerda. Esquerda, direita, direita, direita, esquerda – o médico falava mecanicamente.

Os judeus olhavam para Hannelore, uma figura tão fora de contexto que nem parecia pertencer àquele lugar. Maquiada e livre da brutalidade das outras alemãs, parecia mais uma personagem de um quadro de Rembrandt em um cenário do *Inferno* de Dante.

Hannelore olhava a multidão com frieza, sem compaixão. Só demonstrava algum sentimento quando via uma joia de alto valor.

Os sobreviventes nunca esqueceriam aquele olhar de cobiça. Sem saber, ela cometia mais um grande erro.

A gravidez

Hannelore começou a se sentir constantemente enjoada.

A princípio, não se preocupou, mas depois de um tempo começou a vomitar tanto e com tanta frequência que ela e o comandante começaram a se alarmar.

– Vou mandar um médico vir examinar você – decidiu Muller.

Era o mesmo médico que determinava quem iria viver e quem iria morrer na triagem de prisioneiros.

Ao ver Hannelore, o doutor foi direto ao ponto:

– *Frau* Muller, quando foi sua última menstruação?

Foi então que sua ficha caiu, e ela entendeu que estava grávida.

Vibrando de alegria, o comandante correu para beijar a esposa. Sempre sonhara em ter filhos, e aquela alemã certamente faria um rebento lindo, com os melhores traços arianos.

Hannelore, por outro lado, tentava disfarçar sua imensa decepção. A última coisa que queria era engravidar. Iria engordar, perder suas formas maravilhosas, e ainda teria alguém com quem se preocupar para o resto da vida.

– Você tem certeza, doutor?

– Absoluta, *Frau* Muller. Meus parabéns!

O comandante avisou logo que daria uma festa para comemorar a boa notícia.

Hannelore sabia que não poderia pedir para aquele médico fazer um aborto. O marido jamais aceitaria isso.

Mais tarde, quando estava sozinha, mandou chamar uma das copeiras.

– Você precisa me ajudar. Consiga um médico judeu para me ver e eu farei de tudo para tirá-la daqui – ela prometeu com rara sinceridade.

– Mas como trarei um prisioneiro para examinar a senhora? – Quis saber a copeira, apavorada.

– Arrume o médico que eu resolvo isso.

Passados alguns dias, conseguiram montar a operação. O motorista escondeu o médico judeu no porta-malas do carro e dirigiu até um lugar afastado, no meio da floresta.

O Dr. Nahum Landau tinha sido professor da Universidade de Varsóvia, e graças às suas habilidades médicas já sobrevivia há dois anos no campo de Wodospad. Landau trabalhava no ambulatório atendendo tanto prisioneiros quanto soldados.

As condições ali, no entanto, eram muito diferentes das que experimentara em tempos de paz. Vestindo um jaleco sujo sobre o uniforme de prisioneiro, o médico examinou Hannelore no banco de trás da Mercedes. Ele não entendia por que não podia examiná-la no ambulatório ou em casa.

– A senhora está grávida – disse o médico, espantado.

– Isso eu já sei. Mas preciso abortar, não quero esse filho.

Landau congelou. Ele entendeu na mesma hora que tudo aquilo acontecia à revelia do comandante Joseph Muller.

Fazer um aborto em Hannelore naquelas condições era o mesmo que assinar sua sentença de morte. Se o comandante descobrisse o ocorrido, mandaria assassiná-lo a pauladas.

Tinha que ganhar tempo para pensar em uma saída. Começou fazendo uma lista de materiais de que precisaria para a cirurgia.

No dia seguinte, voltou a encontrar a paciente.

Hannelore deitou no banco de trás da Mercedes, levantou o vestido, tirou a calcinha e abriu as pernas. Quando se preparava para fazer a curetagem, o médico fingiu ver algo que o surpreendeu.

– Por favor, não se mexa.

– O que aconteceu?

– Um minuto, preciso examinar um detalhe.

– Algo errado? – perguntou Hannelore, nervosa.

– Ainda é prematuro para dizer. – Aquilo foi o suficiente para preocupá-la.

Simulando um exame, o prisioneiro pediu que a alemãzinha tossisse algumas vezes, que fizesse força com a barriga e tudo mais que conseguiu pensar na hora.

– *Frau* Muller, preciso fazer uma pergunta indiscreta. A senhora já realizou algum aborto?

– Sim!

Ele sentiu confiança na mentira que contaria.

– *Frau* Muller, seu último aborto deixou sequelas. Se fizer uma nova curetagem, o risco de uma hemorragia é muito grande.

– O que pode acontecer?

– A senhora vai morrer – disse o médico da maneira mais convincente possível.

Hannelore ficou arrasada com o diagnóstico, mas não desconfiou do médico. Landau era considerado uma sumidade.

Teria que aceitar a ideia de ser mãe.

O bebê

Novos transportes começaram a chegar quase semanalmente. Trens e mais trens vinham de toda a Europa trazendo prisioneiros. O campo funcionava a todo vapor, as câmaras de gás e os fornos crematórios trabalhando dia e noite.

Sempre o cheiro agridoce e as cinzas.

Havia judeus da Ucrânia, da Bielorrússia e da Polônia, além de ciganos da Romênia e da Hungria, que também eram perseguidos pelos nazistas. Soldados da União Soviética também eram levados para serem usados no trabalho escravo. Os alemães não respeitavam a Convenção de Genebra no que dizia respeito aos prisioneiros de guerra.

Mesmo grávida, Hannelore assistia à seleção.

A chegada do filho fez a alemãzinha buscar outros objetos no Canadá, como roupinhas para bebês, cobertores e brinquedos. Havia de tudo em abundância.

Ela queria dar à luz em Berlim, mas o médico achou que a viagem era muito longa e cansativa. Era mais prudente evitar aquele esforço.

O comandante mandou confiscar em Varsóvia tudo o que fosse necessário para o parto. Foi montado um ambulatório especial, com tudo do bom e do melhor, para receber o mais novo bebê do Reich. Na véspera do nascimento, o médico alemão, o único do campo, sofreu um acidente em que machucou a mão. Impossibilitado de realizar o parto, sugeriu que chamassem um dos médicos judeus.

Quando Joseph Muller soube disso, teve um acesso de fúria:

– Nenhum judeu vai encostar as mãos no meu filho! – gritava. Sem alternativas, porém, teve que ceder.

Chamaram o Dr. Nahum Landau.

Ao ser convocado, o médico se lembrou de que, no judaísmo, não existem coincidências. Havia algum motivo para aquilo estar acontecendo.

O comandante mandou instalarem o Dr. Landau em uma barraca especial, com aquecimento e comida à vontade. Queria que ele estivesse forte e saudável para realizar o parto. Não correria nenhum risco.

No final de outubro de 1944, o contra-ataque soviético já era do conhecimento de todos. O Exército Vermelho avançava cada vez mais rápido, e já não era possível esconder que o rumo da guerra tinha virado a favor dos Aliados. Foi nesse contexto que nasceu a filha de Hannelore e Joseph Muller.

Graças ao ambulatório montado no campo e à habilidade do Dr. Landau, o parto foi realizado com tranquilidade. Hannelore deu à luz uma linda menina de três quilos e meio. Ela tinha os olhos azuis da mãe.

Preocupada com o próprio bem-estar, Hannelore levou o médico para morar em sua casa. Queria que ele estivesse por perto em caso de qualquer eventualidade. Landau preferia ficar com os seus, mas sabia que ali quem mandava era o comandante. A ele, só cabia obedecer.

Hannelore e o marido estavam cientes de que a queda da Alemanha era uma questão de tempo. A cada dia uma nova cidade era libertada, e aviões de reconhecimento soviéticos já sobrevoavam a região. Dava para ouvir os canhões a alguns quilômetros de distância.

A previsão era de que em poucas semanas, talvez dias, o Exército Vermelho chegaria a Wodospad Niebieski.

Para o Dr. Landau e todos os judeus, aquela notícia era um sopro de esperança.

A libertação

Hannelore apontava a arma para os dois prisioneiros e ordenava que caminhassem floresta adentro. Era noite sem lua, breu total. O vento, de gelar os ossos, penetrava através do casaco de pele de raposa de Hannelore.

– Cavem embaixo dessa árvore.

Os prisioneiros batiam as pás no chão duro, semicongelado. Quando o buraco estava suficientemente fundo, ela mandou que colocassem a mala dentro e cobrissem com terra. Terminado o serviço, deu ordens para os dois caminharem de volta para o campo. Esperou que se distanciassem cerca de cem metros do esconderijo e acertou um tiro na nuca de cada um.

Hannelore pegou as pás e voltou para Wodospad Niebieski. O lugar estava um caos. Os oficiais gritavam ordens para os prisioneiros jogarem todos os documentos, papéis, fotografias e memorandos nos fornos crematórios. O comandante lamentava a escassez de gasolina para agilizar o trabalho. Centenas de pessoas corriam de um lado para o outro, cumprindo ordens sob ameaças de morte. Soldados alemães já haviam explodido as câmaras de gás com granadas e esperavam apenas que os documentos fossem completamente carbonizados para explodir também os fornos crematórios. Selecionavam os prisioneiros que estavam em condições de andar e os encaminhavam para uma longa fila: ainda seriam usados como escravos nos campos de trabalhos forçados na Alemanha e na Áustria. Os mais fortes chegariam vivos, enquanto os mais fracos provavelmente morreriam no caminho.

Os demais prisioneiros, muito debilitados para caminhar, eram colocados em barracões, onde seriam queimados vivos. Quem tentasse aproveitar a confusão para fugir era fuzilado na hora, ou perseguido pelos cachorros que, treinados para matar, atacavam e dilaceravam seus corpos esqueléticos.

O Dr. Landau, que vivia na residência do casal Muller, estava em boas condições de saúde e conseguiu se esconder.

Hannelore encontrou seu marido agitadíssimo. Ordenava aos subordinados que colocassem todos os objetos de valor, entre casacos de pele, joias, castiçais de prata, dentes de ouro e obras de arte, em um caminhão que partiria direto para Berlim.

– Escondeu a nossa parte? – perguntou ao ver a esposa.

– Sim, enterrei no local combinado – mentiu Hannelore.

– Ótimo. Temos o suficiente para fugir da Alemanha e recomeçar a vida na América do Sul. E nossa filha?

– Deixei aos cuidados da freira no convento – mentiu mais uma vez Hannelore Schultz–Muller, sem deixar transparecer qualquer emoção em sua voz.

– Perfeito. Em breve nos encontramos no esconderijo.

Muller deu um beijo na esposa, sem imaginar que seria o último.

A fazenda

A notícia de que os soviéticos estavam a caminho de Wodospad Niebieski havia chegado aos ouvidos de Hannelore na manhã daquele mesmo dia. Assim que se deu conta do perigo que corria, pegou uma das Mercedes-Benz, acomodou a filha no banco de trás e dirigiu até a cachoeira que dava nome à pequena cidade.

Parada às margens do pequeno lago formado pela queda d'água, tirou o cobertor que embrulhava o bebê e se preparou para lançá-lo nas águas geladas. No último minuto, porém, perdeu a coragem. O coração de Hannelore era tão frio quanto as águas de Wodospad Niebieski, mas matar a própria filha era demais até mesmo para ela.

A garotinha chorava de frio. Hannelore embrulhou a filha no cobertor novamente e voltou para o carro. Irritada com a própria fraqueza, dirigiu até o primeiro sítio que encontrou.

Antes de sair da Mercedes, se certificou por alguns instantes de que ninguém a vira chegar. Aparentemente, os camponeses tinham se escondido, com medo da batalha entre os nazistas e os comunistas.

Correndo o mais rápido que pôde, colocou a filha na soleira da porta e voltou para o carro. Podia ouvir a garotinha chorando de frio enquanto a Mercedes se afastava.

Poucos minutos depois, a porta se abriu lentamente. Uma jovem magra e abatida surgiu na soleira e, com cuidado, pegou o bebê e o levou para perto da lareira. O calor fez a pequena chorar um pouco menos.

Sentada no sofá, a mulher colocou a garotinha no colo e a ninou. Tentava entender quem teria abandonado um bebê tão novinho e desprotegido nos confins de um país em guerra.

A jovem judia se chamava Raquel e estava escondida no sítio desde que os alemães invadiram Wodospad Niebieski. Seu marido, sua filha e seus pais tinham sido capturados e mortos no campo de concentração.

Raquel havia conseguido escapar porque não estava em casa quando os nazistas apareceram. Chorou por uma semana e se culpou por não ter protegido a filha, mas sabia que no fundo a culpa não era sua. O destino quisera assim.

Dos sessenta e dois judeus que viviam em Wodospad Niebieski antes da guerra, ela era a única sobrevivente.

Depois que a tragédia aconteceu, procurou os donos do sítio e pediu que a escondessem. O risco era enorme, mas a família tinha bom coração e a acolheu mesmo assim. Se os nazistas descobrissem que havia um judeu escondido ali, todos seriam mortos.

Durante o dia, Raquel ficava escondida no silo, debaixo dos montes de palha, sem fazer nenhum barulho. Saía apenas por algumas horas durante a noite para fazer suas necessidades e comer alguma coisa.

Depois de meses sem ver a luz do sol e se alimentando como podia, estava magra e debilitada. Mas o importante é que estava viva, e iria se vingar dos assassinos da sua família.

A aparição daquela criança no final da guerra, tal qual um Moisés boiando no Rio Nilo, soava-lhe como providência divina.

Como todos os judeus, Raquel não acreditava em coincidências. Havia um motivo para aquele bebê estar ali, nos últimos dias da guerra, com a iminente derrota dos nazistas.

Decidiu tomar a criança para si e criá-la como a filha que havia perdido.

A judia Raquel adotava, sem saber, a filha de um casal de nazistas.

Mensch tracht und Gott lacht. O homem planeja e Deus graceja.

A fuga

O comandante Muller ordenou que os soldados dessem início à Marcha da Morte, em direção à Alemanha e à Áustria. Milhares de prisioneiros que ainda conseguiam andar seguiam sob a mira dos soldados da SS. Quem parasse para descansar era fuzilado: o comandante não queria testemunhas nas mãos dos soviéticos.

Tudo encaminhado, finalmente poderia ir para casa e encontrar Hannelore. Tinha mandado construir um esconderijo no porão, que estava abastecido com suprimentos para mais de um mês.

Dias atrás, quando previra que a queda de Wodospad Niebieski seria inevitável, bolou seu plano de fuga e o descreveu à esposa. Tudo parecia perfeito.

– Infelizmente nossa filha não poderá ficar no esconderijo. Se ela chorar, seremos descobertos na hora. Foi assim que capturei vários judeus escondidos: pelo choro das crianças. Vamos deixá-la a salvo no convento e buscá-la depois que tudo acabar.

Hannelore fingiu decepção.

– Não se preocupe, querida. Depois de alguns dias, a situação estará mais calma. Os soviéticos prosseguirão com a ofensiva e poderemos sair do esconderijo. Pegaremos nossa filha, a mala com as joias e compraremos documentos falsos e passagens para recomeçar a vida na Argentina, onde já existe um esquema de proteção.

– Nenhum soldado sabe que estaremos aqui? – ela perguntou com grande interesse.

– Não. Ninguém foi informado, e todos os prisioneiros que usei para construir este abrigo já viraram cinzas.

No campo, Muller deu as últimas ordens de evacuação e partiu para casa, indo direto para o esconderijo. Estranhou que Hannelore não estava lá.

As horas passavam, e ele começou a se preocupar com a segurança da esposa.

Naquela noite, não conseguiu dormir.

Pensou em sair para procurar Hannelore, mas era muito arriscado.

Os dias se arrastavam lentamente. Pôde ouvir quando os soviéticos chegaram e ocuparam sua casa. Deprimido, tinha perdido as esperanças de encontrar sua querida esposa.

Os russos

Depois de se livrar da filha e enterrar a mala, Hannelore foi se esconder em uma cabana na floresta.

Achara graça do seu último encontro com o marido. O comandante, sempre rigoroso e austero, parecera tão apaixonado, fazendo planos para uma nova vida na Argentina.

Segura em seu novo esconderijo, Hannelore havia trocado os luxuosos trajes por roupas bem rústicas de camponesa. Limpou a maquiagem, sujou um pouco o rosto e despenteou os cabelos. Não queria chamar a atenção.

Passou dois dias escondida, até que ouviu vozes de soldados russos e decidiu se entregar. Chorando, levantou as mãos e implorou:

– Não atirem, não atirem!

Mesmo suja, despenteada e vestindo aqueles trapos velhos, continuava uma mulher muito atraente.

Eles agarraram Hannelore e começaram a arrancar suas roupas. Ela não sabia que os soldados russos estupravam todas as alemãs que encontravam pelo caminho.

Um deles já estava quase a violando quando ouviu um tiro.

Era o capitão do Exército soviético, que, com a arma em punho, ordenou que largassem a alemã. Estava cansado de tanta violência, de tantas mortes.

Hannelore foi levada justamente para sua casa, que tinha sido ocupada pelos oficiais inimigos.

Ficou chocada ao ver a destruição do lugar. Parecia que um furacão havia passado por ali.

Olhando cuidadosamente ao redor, viu que a entrada do esconderijo de Muller não tinha sido descoberta. Com certeza ele ainda estava lá dentro, são e salvo.

– Capitão, o senhor salvou minha vida. Vou retribuir lhe contando um segredo.

O capitão ficou desconfiado.

– Acredito que a pessoa que vocês mais desejem encontrar seja o comandante do campo de Wodospad Niebieski – disse Hannelore.

– Sim, temos ordens de executar todos os oficiais alemães. Eles mataram milhares de prisioneiros de guerra soviéticos – confirmou o russo. – Queremos a cabeça de Joseph Muller.

– Eu trabalhei como empregada nesta casa e sei que existe um esconderijo. Acredito que o comandante esteja lá.

– Impossível. Revistamos a casa toda, não há nenhum lugar onde alguém possa ter se escondido.

Hannelore se levantou.

– Se o senhor puder me acompanhar, eu lhe mostro onde é.

Ela foi até a porta secreta, indicou ao capitão como abri-la e voltou para a sala.

O oficial não viu o sorriso vitorioso em seu rosto.

Assim que os soviéticos abriram a passagem secreta, Joseph Muller disparou uma rajada de metralhadora na direção dos inimigos. Outra rajada, dessa vez no sentido contrário, fez o comandante cair com o corpo crivado de balas.

Hannelore era novamente uma mulher livre.

Hannelore desaparece

Janeiro de 1945

Os russos ficaram chocados com o que viram no campo de Wodospad Niebieski. No meio da confusão, muitos prisioneiros foram deixados para trás, e a maioria estava tão debilitada que morreu nos primeiros dias. Os soldados soviéticos não sabiam como cuidar deles, e muitos morreram devido ao excesso de alimentos que receberam: depois de meses com os estômagos atrofiados, privados de quaisquer alimentos gordurosos, a ingestão em excesso foi fatal. Demorou até que os médicos entendessem como tratar daqueles mortos-vivos.

Liberto do seu esconderijo, o Dr. Nahum Landau, que falava russo, explicou que era médico e se dispôs a ajudar os doentes.

Os libertadores, no entanto, ficaram desconfiados: Landau estava em boas condições físicas e bem alimentado demais para um prisioneiro judeu. Foi levado para um interrogatório.

– Fiz o parto da esposa do comandante e fui trazido para cuidar da família – explicou. – Por isso não estou na mesma situação que os outros.

Para a sorte do médico, ex-prisioneiros testemunharam a seu favor e ele escapou do fuzilamento imposto aos alemães. Os soviéticos agiam como os nazistas: não queriam fazer prisioneiros.

Aquela operação era uma vingança pelo que os alemães haviam feito durante a invasão da União Soviética: eles queimaram todas as casas que encontraram pelo caminho, violentaram as mulheres e mataram os homens, sem se importar se eram velhos ou crianças. Os prisioneiros de guerra morreram de fome, frio e maus-tratos. Na retirada nazista, a violência foi ainda maior. Os soviéticos queriam se vingar, e Stalin fechou os olhos para os atos criminosos cometidos nessa empreitada. Hannelore nem imaginava a sorte que tivera ao escapar do estupro coletivo.

Os últimos meses foram os mais dramáticos e violentos da Segunda Guerra. Nazistas e soviéticos agiram como bárbaros, destruindo, matando e saqueando tudo o que viam pela frente.

Fazer prisioneiros custava caro e dava trabalho para um exército em constante marcha. A contraofensiva soviética era rápida, avançava sem parar. Ainda assim, mais de quinhentos mil soldados alemães foram levados para a Sibéria, mas apenas poucos milhares voltaram para casa, anos depois.

Na guerra, era olho por olho e dente por dente.

Poupado pelo capitão do Exército Vermelho, o Dr. Landau explicou o que acontecia no campo. Wodospad Niebieski foi o primeiro *lager* em território polonês a ser libertado, notícia que foi recebida com surpresa. Os russos sabiam que os alemães cometiam atrocidades, mas aquilo estava além da imaginação.

O corpo do comandante foi levado para o reconhecimento do médico, que confirmou se tratar de Joseph Muller. Seu corpo foi incinerado, e as cinzas, jogadas no mato.

Alguns dias depois, os ex-prisioneiros que haviam conseguido sobreviver foram colocados em caminhões e levados aos hospitais das respectivas cidades, onde poderiam receber tratamento adequado.

Hannelore estava sentada na sala quando ouviu o que parecia ser o barulho de um caminhão passando em frente à casa. Olhou pela janela e gelou ao ver o Dr. Nahum Landau cuidando dos feridos a bordo.

O capitão entrou na sala e não percebeu que ela estava pálida.

— Recebi ordens de me juntar a outro batalhão para continuar libertando a Polônia dos alemães — informou. — Partiremos ao amanhecer. Quer embarcar em um dos caminhões e seguir até Berlim?

– Obrigada, capitão, mas preciso ficar aqui por mais um tempo. – O plano de Hannelore era esperar o inverno passar, desenterrar a mala de joias e voltar para a Alemanha.

Assim que os russos partiram, a jovem alemã pegou todos os documentos que tinha e os queimou.

Hannelore Schultz Schmidt-Muller tinha desaparecido.

Recomeçaria sua vida, mas dessa vez com uma grande fortuna.

TERCEIRA PARTE

Landau, o sobrevivente

São Paulo, 1973

O obstetra realizou o último parto daquele dia no Hospital Albert Einstein. À noite, embarcaria para um congresso em Munique.

Com o forte sotaque polonês, que não perdera mesmo vivendo havia quase trinta anos no Brasil, deu as últimas instruções para sua secretária antes de deixar o consultório.

Desde que emigrara para o Brasil, era a primeira vez que voltava à Europa.

Ironicamente, a Alemanha seria a porta de entrada para o seu passado.

Na direção do Opala dourado de três marchas, com câmbio no volante, subiu a Avenida Rebouças em direção ao bairro de Higienópolis, onde morava. Entrou no túnel Noite Ilustrada e saiu pela direita. Ele adorava aquelas curvas que margeavam o estádio do Pacaembu, onde assistia aos jogos do seu time favorito.

Estava ansioso para chegar em casa, pegar as malas e embarcar com a esposa no avião da Varig.

Enquanto dirigia, sua memória voltou ao passado longínquo.

Na boleia do caminhão que o levou de Wodospad Niebieski para Varsóvia, foi convidado pelo Exército Soviético para acompanhar as tropas até Berlim. Não tinha como recusar: todos os médicos eram necessários e, graças aos russos, ele e seu povo estavam sendo libertados. Mais importante, Nahum Landau queria ver pessoalmente a derrota alemã.

Quatro meses depois, estava na capital do Reich comemorando a morte de Hitler e o fim da Segunda Guerra.

Em seguida, partiu para a Itália, onde milhares de refugiados e sobreviventes judeus se organizavam para recuperar suas vidas. Landau queria ajudar os sobreviventes do Holocausto.

Em Roma, os imensos estúdios de cinema Cinecittà haviam sido transformados em centros de abrigo para receber cerca de dez mil judeus de toda a Europa.

Landau realizou partos, cuidou de doentes e salvou muitas vidas. Depois de quase um ano, quando encerraram as atividades de acolhimento em Cinecittà, os judeus partiram para a Puglia, no sul da Itália. Vendo aquelas pessoas recomeçarem suas vidas às margens do Mediterrâneo, o médico decidiu que era hora de procurar um país para emigrar e começar a cuidar de si.

Decidiu não voltar para Varsóvia. Queria ir embora da Europa, recomeçar em um novo país, longe daquele continente manchado de sangue.

Ouviu um amigo falar sobre o Brasil, terra de oportunidades, de muito sol e de um povo acolhedor.

Estava decidido: partiria para a América do Sul. Naquele mesmo dia, foi ao consulado brasileiro em Roma e pediu seu visto.

– Dr. Landau, pelo que vejo na sua ficha, o senhor é polonês, formou-se na Universidade de Varsóvia e auxiliou as tropas russas na derrubada da Alemanha. É um belo currículo – disse o diplomata brasileiro responsável por analisar os pedidos.

– Muito obrigado – o médico respondeu em ótimo italiano.

– Pode me informar a sua religião?

– Sou judeu, por isso estive em um campo de concentração – respondeu Nahum, inocentemente.

O cônsul fez uma expressão de desgosto, negou o visto e devolveu os documentos ao médico.

– Infelizmente, Dr. Landau, nossa cota de imigrantes está completa e não podemos autorizar sua entrada. Por favor, retorne dentro de seis meses.

Sem entender o que havia acontecido, o médico voltou a procurar o amigo, que tinha conseguido o visto.

– Desculpe, Nahum, me esqueci de dizer que o Brasil vive uma ditadura antissemita sob a presidência de Getúlio Vargas. Não estão aceitando judeus.

– Mas como você conseguiu o visto? – perguntou o médico, começando a se desesperar.

– Calma, vai dar tudo certo. Procure o consulado brasileiro em Firenze, mas não diga que é judeu. – Sorrindo, completou: – Treine bem o sinal da cruz!

O médico seguiu à risca as recomendações do amigo. Realizou os mesmos procedimentos de antes, mas, na hora de informar sua religião, alegou ser católico. Recebeu o visto imediatamente.

Poucos dias depois, desembarcava no porto de Santos, em São Paulo. Subiu a Serra do Mar e se estabeleceu em Higienópolis, onde passou a viver desde então. Com o diploma revalidado, começou a clinicar como obstetra e se tornou um dos médicos mais conceituados do Hospital Israelita Albert Einstein.

Os anos se passaram, e o médico decidiu constituir uma nova família. Casou-se com Malvina, uma judia filha de imigrantes da Bessarábia que tivera a sorte de sair da Europa muito antes da Segunda Guerra, escapando do Holocausto. Em seu país, a comunidade judaica havia sido praticamente exterminada.

Com um bom salário, os filhos encaminhados e a vida confortável, Landau decidiu que era hora de mostrar para a esposa, nascida no Brasil, as suas origens. O tempo curava todas as cicatrizes: era hora de encarar novamente aquele continente que havia sido palco de tantas tragédias. O convite para expor seus trabalhos no congresso de obstetrícia foi um bom motivo para retornar à Europa.

Quando o avião aterrissou no Aeroporto de Munique, o médico teve um pressentimento de que algo aconteceria naquela viagem. Ao ouvi-lo, a esposa desabafou:

– Querido, confesso que achei muita coincidência você chegar à Europa justamente pela Alemanha.

– Malvina, você sabe que no judaísmo não acreditamos em coincidências – respondeu ele, sentindo um frio na barriga.

Antes de pegar o táxi para o hotel, Landau comprou algumas revistas para praticar seu alemão, enferrujado havia anos. Ao folhear a revista *Stern*, porém, algo chamou sua atenção. A esposa, percebendo que ele se tornara pálido, com os olhos pregados em uma foto, a respiração suspensa, preocupou-se:

– Querido, você está bem?

O médico olhava fixamente a revista. Era como se estivesse em outro lugar, outra época, outro mundo, totalmente alheio às perguntas da esposa.

– Nahum, o que está havendo?

O médico continuava estático.

Assustada, ela sacudiu o marido:

– Me responda!

Quando finalmente voltou a si, o médico só teve forças para pronunciar um nome:

– Hannelore Muller.

Berlim

Verão de 1973, 8º degrau

O casal Eva e Gunther von Hussmann recebia dezenas de pessoas para a inauguração de sua nova casa, uma mansão localizada em Wannsee, região muito arborizada e cercada de lagos nas redondezas de Berlim.

Foi em Wannsee que, em janeiro de 1942, o alto comando do Exército alemão e as principais autoridades do governo se reuniram para organizar e planejar o Holocausto, encontro que resultou em um documento chamado de "Solução Final do Problema Judaico".

A mansão dos Von Hussmann tinha três pisos, em estilo neoclássico, com colunas de seis metros de altura. Como era uma noite agradável, de final de primavera, as mulheres trajavam vestidos leves.

Eva, a anfitriã, não aparentava seus 50 anos de idade. Tinha a pele lisa, sem uma ruga, os seios rígidos, a cintura fina, os cabelos dourados e uma sensualidade que ofuscava as outras convidadas. Seu marido, Gunther von Hussmann, era herdeiro de uma das maiores metalúrgicas da Alemanha.

Além da inauguração da nova casa, eles comemoravam vinte anos de casados.

Tudo começara em 1953, quando Gunther foi libertado depois de passar dois anos preso com seu pai por crimes de genocídio. As indústrias Hussmann tinham sido responsáveis por fabricar milhares de equipamentos para os campos de extermínio na Polônia. Com uma boa banca de advogados e a conivência da elite alemã do pós-guerra, no entanto, o que poderia ter sido uma longa pena durou apenas 24 meses de detenção.

Ao sair da prisão, Gunther foi comemorar com os amigos em um dos melhores bares de Berlim. Foi lá que conheceu a mulher mais bonita que já tinha visto: Eva Rosen.

– Onde esconderam essa maravilha? – ele se apressou em cortejá-la.

– Por acaso nos conhecemos? – respondeu ela, com arrogância.

– Desculpe não ter me apresentado. Gunther von Hussmann, das Indústrias Hussmann – emendou, esperando que aquele nome derretesse a resistência da jovem.

O golpe foi certeiro, mas ela fingiu não se importar: Eva sabia que era preciso ir com pouca sede ao pote. "Os homens é que devem ficar ansiosos", dizia a si mesma.

A conversa despretensiosa no bar acabou rendendo outro encontro, depois mais outro, e em poucos meses os dois estavam casados.

Quando ainda estavam se conhecendo, Gunther contou a Eva que, antes da guerra, sua família possuía uma metalúrgica na região de Solingen, onde se fabricava um dos melhores aços do mundo.

Logo que a Alemanha começou a se armar, passaram a fabricar capacetes e baionetas, até chegarem aos tanques que fizeram toda a diferença no *Blitzkrieg*. A partir de 1942, quando os nazistas implementaram os campos de extermínio, as Indústrias Hussmann passaram a fornecer o arame farpado, as portas de aço das câmaras de gás e as ferragens dos fornos crematórios.

Eva fingia ouvir com interesse. O que realmente lhe interessava, no entanto, era a fortuna que a família havia acumulado.

– E você, o que fez durante esses anos? Me conte um pouco sobre a sua vida – pediu Gunther.

Ela, então, contou sua história. Ou pelo menos uma de suas versões.

– Meu pai era um grande joalheiro em Dresden, mas toda a minha família foi morta em um bombardeio que destruiu a cidade. Por sorte consegui esconder parte das joias, e, depois da guerra, me mudei para Berlim.

Era uma história crível. Com a ascensão do antissemitismo, os judeus passaram a vender, a preços vis, tudo o que tinham de valor, pois precisavam sobreviver. Portanto, quando Eva começou a comercializar suas joias, ninguém perguntou pela origem.

Isso lhe permitiu viver muito bem por anos. Enquanto isso, esperava o dia em que um milionário cruzaria seu caminho.

Já estava com 30 anos e sabia que essa seria sua última e definitiva cartada. Não podia errar.

Então, Gunther apareceu. Seduzi-lo foi fácil: ela era imbatível na cama e tinha uma beleza fora de série. Depois de passar dois anos na cadeia, bastou uma noite com Eva para que fosse fisgado. Ele não queria que ela escapasse, e imediatamente propôs que se casassem.

Durante a lua de mel, em Paris, Eva revelou um segredo ao marido:

– Preciso confessar uma coisa. Fui estuprada pelos russos.

Gunther a abraçou e disse que aquilo não era uma mancha em sua vida.

– Infelizmente os selvagens soviéticos cometeram esse crime contra milhares de alemãs. Só posso imaginar o trauma que isso causou a você – falou, mostrando-se compreensivo.

– Tento deixar essas memórias no passado, mas, quando lembro que a violência do ato me impediu de vir a ter filhos, é como se uma cicatriz se abrisse novamente – ela mentiu, fingindo se emocionar.

Gunther tentou disfarçar sua decepção. Era muito importante deixar herdeiros para o império Hussmann, mas se a esposa não podia ter filhos, eles adotariam.

– Não se preocupe, meu amor. Adotaremos dois meninos. Você é maravilhosa como esposa, será uma mãe exemplar. E há muitos órfãos na Alemanha precisando de uma família.

Quando voltaram a Berlim, Eva passou a viver cercada do mais alto luxo. Viajava a Paris e a Londres para fazer compras e se hospedava nas suítes dos melhores hotéis, além de frequentar os restaurantes mais badalados. Seus armários, repletos das melhores grifes, ostentavam roupas caríssimas, feitas sob medida.

Além da residência principal, o casal tinha uma casa na Riviera Francesa e um chalé nos alpes austríacos, ambos equipados com empregados, mordomos e motoristas.

Antes da festa de inauguração da nova casa, tinham dado ordens para a segurança não permitir, de maneira alguma, a entrada de fotógrafos.

Eva tinha uma obsessão por evitar ser fotografada, e nem mesmo quando se casou, aceitou fazer um álbum de casamento.

No entanto, enquanto o senhor e a senhora Hussmann recepcionavam seus convidados na entrada da mansão, um *paparazzi* munido de uma teleobjetiva conseguiu fotografar o casal. Quando revelou as fotos, impressionou-se com os olhos azuis da anfitriã no Kodachrome.

A foto foi publicada na revista *Stern*, e era para ela que o Dr. Nahum Landau olhava fixamente.

O rabino de Munique

Sentados no quarto de um hotel em Munique, Nahum contou sua história a Malvina pela primeira vez: a deportação em Varsóvia, a prisão em Wodospad Niebieski, o parto que realizou na esposa do comandante e o tratamento especial que recebeu por ser o médico de uma poderosa família de nazistas – ele não escondeu nenhum detalhe.

– É muito difícil recordar meu passado, mas essa descoberta me obriga a isso – ele disse, extenuado, ao concluir seu relato.

Malvina chorava sem parar. Ela sabia que a vida do marido não tinha sido fácil durante a guerra, mas não conhecia os detalhes e nem imaginava o quanto aquilo poderia doer em ambos.

– Eu falei para você que no judaísmo não existem coincidências – afirmou Nahum. – Sabia que essa viagem para a Alemanha me traria algo além das palestras.

– Tem certeza de que é ela? Acusar uma pessoa erroneamente pode ser muito grave.

– Não tenho a menor dúvida. Convivi mais de um ano com essa besta-fera, esses olhos azuis são da Hannelore. O diabo com cara de anjo.

– Procuramos a polícia?

– Primeiro vou cancelar minha participação no congresso. Não tenho condições psicológicas de comparecer. Depois vamos procurar alguém da comunidade judaica para saber como agir. Já houve casos de denúncias em que os nazistas foram alertados e conseguiram fugir, e não quero que isso aconteça. Vou colocar essa mulher na cadeia.

Na manhã seguinte, perguntaram ao *conciérge* onde havia uma sinagoga. Ele indicou uma próxima ao hotel, cujo rabino, um homem jovem, era filho de sobreviventes.

– Dr. Nahum, a história que você me contou é impressionante. Essa mulher precisa ser levada a julgamento o quanto antes, mas realmente não será uma operação fácil – disse o sacerdote.

– Conheço vários sobreviventes de Wodospad Niebieski que podem testemunhar contra a Sra. Muller – o médico garantiu.

– Isso pode ajudar muito. O problema, meu caro doutor, é que estamos falando da esposa do comandante. Pelo que você me contou, ela não ocupava um cargo oficial no Reich, menos ainda no campo. Existe um forte movimento contra condenar as mulheres dos comandantes, assim como as mulheres dos industriais, dos ministros ou dos juízes que participaram do sistema nazista homicida. É como se elas não tivessem participado ou se beneficiado da guerra, nem mesmo ajudado os maridos. Em resumo, é como se as mulheres desconhecessem o que os maridos fizeram durante o Holocausto.

– Pelo que sabemos, Hannelore estava presente quando faziam as seleções. Ela não pode negar conhecimento – argumentou Malvina, revoltada.

– Sem dúvida, este é um fato gravíssimo, mas ela não tinha um cargo oficial. Não digo que é impossível, mas não será fácil – explicou o rabino.

O Dr. Nahum e a esposa se olharam confusos e surpresos, sem entender aonde aquele raciocínio os levaria.

– Oficialmente ou não, ela participou da morte de milhares de pessoas. – Malvina começava a ficar impaciente. – Essa mulher extorquiu vítimas da guerra até seus últimos bens!

O rabino tirou os óculos, limpou as lentes e explicou a situação.

– Infelizmente, essa é a realidade. Até hoje nenhuma esposa de oficiais nazistas foi condenada ou mesmo processada.

– Mas elas sabiam que os maridos eram assassinos! – exclamou Malvina, exaltando-se.

– Claro que sabiam! Participavam e se aproveitavam disso, e ainda ajudavam os maridos, como a esposa de um trabalhador comum – completou o sacerdote.

Nahum, que só queria resolver aquela situação o mais rápido possível, finalmente falou:

– Então nos diga, rabino: o que você sugere que façamos?

– Sugiro que procurem o Centro Simon Wiesenthal, em Viena. Eles podem ajudar a pesquisar, localizar e levantar todas as informações relevantes para a polícia.

De volta ao hotel, o casal fez as malas e partiu para Viena no voo mais próximo.

Viena

O Centro Simon Wiesenthal estava localizado em uma travessa da Judengasse, popularmente conhecida como "Ruela dos Judeus".

O escritório ficava no terceiro andar de um prédio bege muito simples, de poucos pavimentos e arquitetura de linhas retas.

Uma pequena placa de bronze na fachada do edifício indicava que ali estava o escritório do mais famoso caçador de nazistas do mundo: Simon Wiesenthal. Ele próprio um sobrevivente do Holocausto, Wiesenthal dedicava a vida a perseguir nazistas pelo mundo. Era a pessoa certa para enviar Hannelore ao tribunal.

O casal encontrou a porta do prédio aberta e subiu as escadas. Ao tocarem a campainha, foram recebidos por uma senhora muito simpática, que aparentava ter cerca de 50 anos.

– Sou Clara Kreimer, diretora do Centro Simon Wiesenthal. Sejam bem-vindos!

O escritório era pequeno, com três salas repletas de pastas e caixas de documentos – todas as paredes tinham estantes com arquivos sobre nazistas que estavam sob investigação. O Dr. Nahum reparou que havia poucos funcionários para muito trabalho.

A Sra. Kreimer levou o casal à sala de reuniões e informou que o Sr. Wiesenthal não estava na Áustria: tinha viajado para os Estados Unidos e só voltaria dali a dois meses. Até lá, ela tinha autoridade para resolver qualquer assunto.

– Tenho certeza de que encontrei uma nazista responsável por vários crimes de guerra e quero denunciá-la – disse o médico, sem rodeios.

– Um minuto, senhor. Vou chamar minha assistente para me ajudar a acompanhar o caso.

Após alguns minutos, uma jovem entrou na sala. Apresentou-se como Golda, e o Dr. Landau e Malvina ficaram impressionados com sua beleza. A garota falava alemão com sotaque israelense.

O médico, então, contou tudo o que sabia sobre Hannelore, narrando cada detalhe do período em que conviveram em Wodospad Niebieski. Quando ele terminou seu relato, Malvina tirou a revista *Stern* da bolsa.

– Esta é Hannelore – disse, apontando a foto.

Clara e Golda examinaram a imagem.

– Gunther von Hussmann é um dos homens mais ricos da Alemanha – disse a diretora. – Ganhou muito dinheiro produzindo armas e equipamentos para os nazistas e chegou a ser preso com seu pai após o fim da guerra. Apoiados pela elite alemã, no entanto, logo foram libertos. Não vai ser fácil denunciar sua esposa, Eva. Se quisermos prendê-la, precisaremos de provas contundentes.

– O nome dela é Hannelore – interrompeu o Dr. Landau, com raiva, arrependendo-se logo em seguida. – Desculpem-me, não quis ser deselegante.

– Se for a mesma pessoa, teremos muito trabalho para denunciá-la. Seu marido vai usar de todo o prestígio que possui para impedir que o processo caminhe. Não se esqueçam de que ele é um nazista que apoiou o Holocausto – explicou a Sra. Kreimer.

Golda, que até então apenas ouvia tudo atentamente, mostrou alguns documentos que continham informações sobre Joseph Muller, o cruel e sanguinário comandante de Wodospad Niebieski, morto pelo Exército russo. Porém, não havia nenhum documento ou registro de sua esposa, Hannelore Muller. Segundo o relatório, ela havia desaparecido logo após o final da guerra, sendo dada como morta.

– Pois Hannelore está viva e reside em Berlim! – afirmou o Dr. Landau, exaltando-se mais uma vez.

– Não duvido do que o senhor diz, mas é a primeira vez que alguém faz uma denúncia contra ela. Precisamos definir duas estratégias: primeiro, provar que Hannelore e Eva são a mesma pessoa. Segundo, achar provas, documentos ou fatos concretos que a incriminem – orientou a diretora.

– Eu tenho certeza de que é ela. Jamais me esquecerei do seu rosto: era de uma beleza inigualável, e continua sendo – garantiu o Dr. Landau. – Por favor, emita uma ordem de captura, um interrogatório, qualquer coisa!

– Sinto muito, Dr. Landau, mas infelizmente as coisas não funcionam assim. Não podemos pedir que a polícia alemã aborde a esposa de Gunther von Hussmann baseada apenas em suspeitas. Se agirmos dessa forma, ele é que acabará nos processando. Sem provas concretas, algo substancial, estamos de mãos atadas.

– Mas eu sei o que estou dizendo! – gritou o médico, impaciente.

– Entenda, Dr. Landau, recebemos denúncias contra nazistas semanalmente, de oficiais a soldados. Basta que alguém veja um nazista no supermercado ou no ônibus para nos procurar. Se formos atrás de todos sem provas cabíveis, voltaremos a ser suas vítimas. Nosso trabalho é delicado e perigoso: se não agirmos com cuidado, as autoridades vão cair sobre nós. E eles bem que gostariam que isso acontecesse.

– Sra. Kreimer, eu estava em boas condições físicas quando a conheci e convivi com ela durante um bom tempo. Fiz o parto de sua filha, cuidei da família durante meses, tenho absoluta certeza de que esta é Hannelore. Não vou sossegar enquanto não colocar essa mulher atrás das grades. Ela precisa pagar por seus crimes.

Malvina sabia que seu marido era teimoso, que não desistiria, mas entendia o ponto de vista da Sra. Kreimer.

Enquanto os três discutiam, Golda olhava a foto atentamente.

– *Frau* Kreimer, a convicção do Dr. Landau me sensibilizou. Gostaria de cuidar desse caso pessoalmente – ofereceu a jovem.

– *Oi veiz mier*, pelo visto sou voto vencido! Dou um mês para você trabalhar nesse caso. Se depois de trinta dias não houver nada concreto, arquivarei o processo, ok?

Nahum, Malvina e Golda aplaudiram a decisão.

Ficou decidido que Golda iria até a Alemanha para iniciar as investigações e montar o dossiê Hannelore Muller/Eva von Hussmann. Enquanto isso, o médico escreveria aos sobreviventes de Wodospad

Niebieski que conhecia em busca de mais informações e possíveis testemunhas, caso o processo fosse adiante.

– Vamos colocá-la no banco dos réus – afirmou, otimista. – Não acredito em coincidências.

Acertados os principais detalhes, Nahum, Malvina e a jovem Golda desceram para tomar café e conversar.

– Já participei da captura de nazistas na França e na Alemanha, e esta será a primeira vez que investigarei uma mulher. Acho surpreendente que tantas delas participaram do Holocausto e tão poucas foram condenadas – comentou a jovem.

O Dr. Landau a olhou com pesar:

– A maldade humana não tem gênero.

A investigação

Golda desceu ao *lobby* do hotel no qual estava hospedada em Berlim para se encontrar com Jacques, o representante do Centro Simon Wiesenthal na Alemanha. O jovem judeu alemão era filho de sobreviventes e usava óculos redondos iguais aos de John Lennon, última moda em 1973. Ele já a aguardava com algumas informações sobre o caso. – Golda, descobri mais detalhes sobre o passado de Eva Rosen. Segundo os registros, ela nasceu em Dresden e seu pai tinha uma joalheria – disse em hebraico, tentando evitar que alguém os entendesse.

– Então a esposa de Gunther von Hussmann não é Hannelore? – perguntou, desanimada.

– Eu não disse isso.

– Então não entendi.

– Segundo os documentos oficiais, Eva Rosen teria 80 anos hoje, e não 50!

– Você quer dizer que a identidade de Hannelore é falsa?

– Tanto quanto uma nota de três dólares! O problema é que ainda não encontrei nenhum documento com o nome de Hannelore Muller, então não sabemos nada sobre seu passado: onde nasceu, quem eram seus pais, não temos nenhuma informação. Precisamos encontrar um jeito de provar que Eva Rosen Hussmann é, na verdade, Hannelore Muller.

– Ela pode ter usado a rede de apoio nazista que se formou após a guerra para apagar suas origens – falou Golda, que sabia como o sistema funcionava.

– Estamos na estaca zero. Por onde começamos?

A jovem sabia que não seria uma missão fácil, e os dois tinham apenas um mês para descobrir tudo.

– O que mais sabemos sobre ela? – perguntou Jacques.

– Certa vez Hannelore comentou com o Dr. Landau que tinha se mudado para Berlim, em 1938, graças à ajuda de um advogado chamado Rudolf von Huss. Isso pode nos levar a alguma pista.

– Talvez esse Von Huss fosse mais que um amigo.

– Não entendi – disse Golda, inocentemente.

– Todo mundo gosta de falar sobre suas conquistas amorosas, certo? É da vaidade humana. Hannelore encontrou no Dr. Landau o ouvinte perfeito: para quem mais ela poderia falar sobre a sua vida íntima, senão para um prisioneiro judeu que em breve estaria morto?

– Você está insinuando que...?

– Ah, Golda, você é tão esperta para algumas coisas e tão ingênua para outras!

– Então Hannelore era amante desse advogado?

– Por que não? Uma mulher linda como ela poderia muito bem seduzir um homem de origem nobre para ser bancada em Berlim. *There is no free lunch, my dear*. Nada é de graça nessa vida. Vamos investigar a mudança de Hannelore para a capital: a cidade era totalmente controlada pelos nazistas à época, ninguém se mudava sem autorização. Certamente encontraremos algo em nome de Hannelore ou Von Huss – concluiu o agente.

Os dois entraram no excêntrico Fusca laranja de Jacques e se dirigiram ao registro de imóveis.

Chegaram a um prédio velho, com ares de abandonado. Ao subirem, Jacques orientou que ela o aguardasse na sala de espera:

– É melhor que eu vá sozinho. Seu sotaque pode deixar o funcionário menos receptivo a nos ajudar.

O agente foi recebido por um senhor mal-humorado que não queria colaborar de maneira nenhuma. Jacques fingiu ser da imprensa e insistiu que aquela informação era muito importante, mas nada conseguiu – o burocrata não estava disposto a ceder. Além disso, cumpria ordens. Não era possível pesquisar o nome de alguém sem autorização oficial.

Ele voltou decepcionado ao encontro de Golda.

– Não deu em nada. Ele não quis ajudar.

– Você disse que eu sou ingênua? – perguntou Golda com ironia – Pois você vai ver quem é ingênua. Fique aqui e assista ao show!

A jovem subiu a saia, revelando um belo par de pernas. Soltou os cabelos e abriu um botão da blusa, deixando parte dos seios à mostra. Por fim, tirou os óculos, destacando os olhos azuis. Era outra Golda.

Jacques ficou de boca aberta quando viu a transformação.

– *Wunderbach*!

Ela caminhou sensualmente em direção ao funcionário, que, ao vê-la, deixou cair o cigarro e abriu um largo sorriso.

– Pois não, *Frau*...?

– *Fräulein* Ulma – respondeu ela, forçando o biquinho no "U".

Meia hora depois, Golda retornava à sala de espera. Trazia nas mãos a cópia de um documento fundamental para a investigação: a prova de que Hannelore Schmidt havia morado em um apartamento de luxo na Clausewitz Strasse. O imóvel, que pertencia a um perseguido judeu, foi comprado por Von Huss em 1938.

– Já temos mais um nome: Schmidt! – a jovem agente vibrou.

Jacques acelerou ao máximo o Fusquinha laranja pelas ruas de Berlim. Depois de atravessar a Kurfürstendamm como um raio, entrou à direita na Clausewitz Strasse.

– Tomara que o prédio não tenha sido destruído na tomada de Berlim. Se eu reclamava que a cidade não tinha sido totalmente arruinada na guerra, agora peço o contrário – disse ele, rindo.

Os dois pararam na porta do prédio. Para a sorte deles, estava intacto.

Ao tocarem a campainha do antigo apartamento de Hannelore, porém, ninguém atendeu.

– *Scheisse*! – praguejou Jacques.

Eles voltaram para o carro e ligaram o rádio.

– Vamos esperar alguém aparecer.

Depois de uma hora, viram uma mulher que aparentava estar na casa dos 80 anos. Vestia um casaco comprido, apesar do calor, e carregava o que parecia ser uma sacola de supermercado. Quando começou a subir as escadas do prédio, os dois correram até ela.

– Senhora, desculpe incomodá-la, estamos procurando uma pessoa que morou no segundo andar há alguns anos – disse Jacques.

– Aquela mulherzinha? – respondeu a senhora, com desdém. – Estava demorando para alguém vir procurá-la. Venham, subam. Contarei o que sei a vocês.

Golda e Jacques entreolharam-se animados.

– Será que achamos a pista? – sussurrou ele enquanto se oferecia para carregar as compras da mulher.

Ao chegarem ao apartamento, a senhora ofereceu chá aos dois. Antes que pudessem responder, voltou com três xícaras fumegantes.

– Olha, eu não sei muito sobre essa mulher, não me meto na vida dos vizinhos – começou ela, tomando um gole do chá.

– As senhoras nunca conversaram? – Golda tentava entender a relação das duas.

– Não, não, eu evito me enxerir na vida dos outros. E ela era uma pessoa sem classe, uma moça vulgar.

Os jovens tentaram controlar o riso.

– Pelo menos nos conte o pouco que a senhora sabe sobre ela.

– Sei que era uma mulher muito bonita, que recebia muitos homens. Muitos! O motorista, por exemplo, estava sempre no apartamento. Por que ela traria o motorista ao seu apartamento? Vou lhes dizer a resposta! Porque era um tipinho bem vulgar, sempre com vestidos justos, curtos, com decotes profundos. Não consigo entender o que o Dr. Rudolf von Huss, uma pessoa tão distinta, viu nela. – Ela falava tão rápido que quase se esquecia de respirar. – Estava na cara que era uma sem-vergonha.

– A senhora se lembra do nome dela?

– Schultz. Hannelore Schultz. Mas, como eu disse, não me meto na vida dos vizinhos. Cada um que cuide de si.

– Não era Hannelore Schmidt? – Interrompeu Golda.

A alemã sacudiu as mãos.

– Schmidt era o nome de casada, o de solteira era Schultz. Nomes tão comuns, não é mesmo? O que um Von Huss viu em uma moça sem origens como ela? – questionava a mulher, indignada.

– Então ela era casada com um tal de Schmidt – comentou Jacques, desapontado. – A senhora tem certeza de que o nome de casada era Schmidt?

– Absoluta. Seu marido era o professor Hans Schmidt.

– Se ela era casada com Hans Schmidt, não poderia ser casada com Joseph Muller – Golda falou em hebraico para Jacques. – Será que erramos?

Antes que ele respondesse, a senhora continuou a história:

– Ela ficou viúva assim que a Alemanha atacou a França.

– Como é? Ficou viúva? – Golda pulou da cadeira.

– Seu marido combatia na fronteira da França, na Linha Maginot. Depois que ele morreu, o entra e sai de homens no apartamento aumentou muito. Vários deles dormiam lá. Uma vergonha! Ela nem esperou o marido, um herói de guerra, esfriar no caixão, e já tinha homens esquentando sua cama.

– E o que aconteceu depois? – perguntou Golda, curiosa.

– *Herr Doktor* Von Huss foi preso e condenado à morte por traição. Algo terrível, lamentável. Mesmo assim, ela continuou morando aqui. Não sei como nem por que, a vida dos vizinhos não me interessa. Eu cuido da minha vida e eles cuidam da deles.

– Pois faz muito bem – disse Jacques com ironia, mas a velha não percebeu.

– Depois ela se casou de novo – a mulher continuou, sem saber que dava uma informação crucial.

Golda pulou novamente da cadeira e segurou a alemã pelos braços.

– Ela se casou de novo? Com quem? – perguntou quase gritando.

– Você está me machucando, mocinha.

– Desculpe, me exaltei. É que estou muito curiosa.

– Tudo o que sei é que ela se casou novamente, fez as malas e foi embora, mas não me lembro para onde. Nunca mais tive notícias dela.

– E a senhora com certeza não sabe o nome desse marido – provocou Jacques.

– É claro que sei. É Fuller – respondeu a velha, orgulhosa. – Joseph Fuller.

– Não seria Muller? – corrigiu ele.

– Isso mesmo, Joseph Muller! Onde eu estava com a cabeça? – murmurou a alemã enquanto recolhia as xícaras.

Golda e Jacques ficaram eufóricos. Eles estavam chegando perto da verdade.

– Ela nunca mais voltou para o apartamento? – perguntou o agente.

– Voltou depois da guerra e morou aqui por alguns anos, então desapareceu de novo. Mas sei pouco sobre esse período. Em 1950, meu marido foi transferido para a Holanda, e só voltei para cá em 1968.

– A senhora nos ajudou muito com essas informações. Há mais alguma coisa sobre Hannelore que poderia nos contar? – perguntou Golda, esperançosa.

– Não, minha jovem. Como eu disse, a vida dos outros não me importa.

– Por acaso não teria uma foto dela?

– É claro que não! Ela era uma garota de cabaré, eu jamais faria uma foto ao seu lado!

Os agentes agradeceram e já estavam de saída quando ela se lembrou de mais um fato:

– Não sei se interessa a vocês, mas ela era de uma pequena cidade chamada Lilienthal.

Golda ficou tão feliz que deu um beijo na alemã.

Ela fechou a cara.

– Estão vendo? É por isso que não gosto de me meter na vida dos outros. Gera essas intimidades desnecessárias – esbravejou, batendo a porta na cara dos jovens.

Os dois se abraçaram de felicidade.

Já sabiam o nome de solteira da suspeita, o nome do primeiro marido, a cidade onde ela nascera e o principal: que tinha sido casada com Joseph Muller.

– Vamos para Lilienthal! – disse Golda, animada.

– Calma, por hoje chega. Vamos jantar e descansar. Será uma viagem longa e complicada, Lilienthal fica na Alemanha Oriental. E entrar lá não é fácil – explicou Jacques.

Apesar da ansiedade, Golda concordou com o amigo. Saíram do prédio e foram comer em um pequeno restaurante perto do muro. Golda sempre ficava impressionada com aquela construção, que cercava toda a cidade. Para Jacques, já fazia parte da paisagem.

Do lado ocidental, a cidade era grudada no muro. Do lado oriental, depois do muro havia cercas de arame farpado, campos minados e soldados armados policiando cada centímetro. Ninguém podia fugir do "paraíso socialista".

Os agentes pediram comida e cerveja, e Golda aproveitou o momento para fazer um organograma. Queria reunir cada peça daquele quebra-cabeça – era assim que organizava suas investigações.

– Hannelore nasceu Schultz, em Lilienthal – começou ela, rabiscando o papel. – Adotou o nome Schmidt quando se casou com seu primeiro marido, o professor Hans. Então se mudou para Berlim, onde se tornou amante do advogado Rudolph von Huss. Depois de ficar viúva do professor, casou-se com Joseph e adotou o nome Muller.

– Depois da guerra, Hannelore Schultz-Schmidt-Muller desapareceu e Eva Rosen surgiu – completou Jacques.

As canecas de cerveja chegaram, e os dois deram um bom gole.

– Precisamos encontrar a certidão de casamento de Hannelore e Joseph Muller – Jacques continuou, limpando a espuma da cerveja da boca. – Isso não vai ser fácil. Pelo que sabemos, ela deve ter conseguido desaparecer com todos os documentos.

– Também precisamos de uma foto dela ainda jovem para fazer a conexão que falta: a prova de que Eva Rosen e Hannelore Muller são a mesma pessoa – afirmou Golda.

Quando os pratos chegaram, a atenção de Jacques não estava mais no caso, e sim na agente ao seu lado. Inteligente, charmosa e linda, ele ficou com medo de se apaixonar.

– Goldie, está passando uma mostra de filmes de Leni Riefenstahl. Você gostaria de ir?

– Adoraria. Devem ser bem interessantes como material de estudo sobre o nazismo, mas minha cabeça está a mil. Prefiro acabar nossa pesquisa antes de pensar em qualquer outra coisa.

Jacques concordou e a levou de volta ao hotel. Quando foi pegar a chave na recepção, Golda viu que havia um recado do Dr. Nahum Landau.

Ela subiu até o quarto e pediu que a telefonista completasse a ligação. Mesmo do outro lado do Atlântico, o médico atendeu rapidamente:

– Como vai, Golda? Alguma novidade na investigação?

– Estamos caminhando bem, doutor. Descobrimos onde ela morava em Berlim, o nome do seu primeiro marido e a cidade onde nasceu,

Lilienthal – gritou a agente. Tinha que falar alto, a ligação não era muito boa.

– Primeiro marido? Ela não me disse que tinha sido casada antes de Muller. Bem, ela inventava tantas histórias que provavelmente se perdia. Logo percebi que era uma mentirosa patológica – comentou Landau. – Eu quase não acreditava no que ela dizia, pois sempre caía em contradições. Mesmo para Muller ela mentia compulsivamente, mas ele estava tão apaixonado que não percebia. Qual é o próximo passo?

– Vamos para Lilienthal tentar achar alguma foto que comprove que Hannelore e Eva são a mesma pessoa. Depois, procuraremos sua certidão de casamento com Muller.

– Que ótimas notícias! – disse o médico, empolgado. – Desejo boa sorte a vocês.

Lilienthal, 1973

Quando a guerra finalmente chegou ao fim, o território alemão foi dividido entre os aliados França, Inglaterra, Estados Unidos e União Soviética. Em 1949, foram criados dois países: a República Federal da Alemanha, sob domínio das potências ocidentais, e a República Democrática Alemã, sob domínio soviético. Lilienthal ficava na parte oriental e, portanto, tornou-se comunista, controlada com mão de ferro por Stalin.

Quando Hannelore soube da divisão, agradeceu aos céus por ter saído da cidade dez anos antes.

"Eu tenho muita sorte", pensara ela na ocasião. "Agora não existe mesmo a menor possibilidade de a minha família me encontrar ou entrar em contato comigo. Não gostavam de pobreza? Pois que vivam sob o regime comunista." Seu egoísmo havia se tornado tão profundo que pouco se importava com a situação dos pais. Queria distância de suas origens.

Na manhã seguinte, bem cedo, Jacques buscou Golda no hotel para irem ao Checkpoint Charlie.

— De onde é o seu passaporte? — ele perguntou.

— Israel — respondeu ela.

— Isso vai dar um pouco de trabalho. A situação no Oriente Médio está pegando fogo, e os russos apoiam os árabes.

O Checkpoint Charlie era o único local em Berlim onde era possível passar do lado ocidental para o oriental. Como em qualquer país democrático, entrar e sair da República Federal da Alemanha era fácil.

O mesmo, porém, não acontecia na República Democrática Alemã, cuja democracia só existia no nome. Sair era quase impossível, e entrar era bastante complicado.

Jacques e Golda se apresentaram na fronteira ocidental e foram autorizados a passar sem grandes burocracias. Mas cem metros depois, quando chegaram à fronteira do lado comunista, a situação ficou tensa.

Os oficiais ordenaram que os dois descessem do carro. Tiraram os bancos, abriram o motor, o porta-malas, revistaram tudo minuciosamente. O controle era absurdamente rigoroso.

– O que uma israelense veio fazer na Alemanha Oriental? – quis saber o guarda de fronteira.

– Estou indo conhecer uma parte da família do meu noivo que vive em Lilienthal.

Era essa a história que tinham combinado de contar. Caso fossem pegos, não havia muito risco para Golda, mas Jacques poderia ser preso como espião ou contrabandista.

Depois de quase uma hora, os dois foram liberados. Levaram mais duas horas de viagem para percorrer apenas sessenta quilômetros de estradas vazias, mas em péssimas condições. Finalmente, chegaram a uma cidade bem pobre.

Os tratores eram da década de 1940 e as casas não recebiam uma demão de tinta havia anos. O tempo parecia ter parado em Lilienthal. Seus habitantes eram camponeses que trabalhavam sem pressa de fazer a colheita, uma vez que tudo seria entregue ao Estado.

Poucas ruas eram asfaltadas, e mesmo assim estavam praticamente vazias. Alguns Trabants e Ladas, dois dos carros mais populares da época, circulavam pelas estradas principais. O Fusca laranja de Jacques chamava a atenção por onde passava. Era uma raridade.

Quando chegaram à prefeitura, se depararam com um local praticamente abandonado. Os móveis, velhos e caindo aos pedaços, pareciam ter saído de um antiquário.

– Me sinto no século passado – disse Golda. – Que sensação mais estranha.

Os dois foram até a recepção e encontraram uma senhora bem velhinha sentada atrás do guichê. Ela parecia ter 100 anos.

– Eu falo ou você fala? – perguntou ele.

– Se ela fosse um homem, eu falaria, mas neste caso é melhor você usar seu charme de alemão ocidental – a agente respondeu com um sorriso.

Vencido pelo argumento de Golda, Jacques foi até o guichê e perguntou sobre Hannelore Schultz. Foi a vez de a senhora abrir um sorriso, muito enrugado e com poucos dentes.

– A esposa do professor Hans! Que homem bom! E que mulher adorável – ela disse em um alemão com sotaque do interior.

Os agentes trocaram um olhar de felicidade. A conversa tinha começado bem, parecia promissora. Mas o que veio a seguir foi como um balde de água fria nos dois.

– Schultz, Hannelore Schultz, que Deus tenha piedade de sua família – continuou a velha, fazendo o sinal da cruz.

– O que aconteceu? – Golda estava ansiosa para seguir com a investigação.

– Foram todos mortos pelos russos no final da guerra.

– A senhora teria algum documento com foto de Hannelore? – questionou Golda mais uma vez, impaciente.

A velha balançou a cabeça, desanimada.

– Você não sabe o que os russos fizeram nesta cidade. Atacaram as mulheres, mataram os homens e atearam fogo em tudo – disse com tristeza. – Minha filha morreu nas mãos dos soldados, e meu marido foi enforcado. Nem sei como estou viva.

Golda quase se compadeceu, mas logo lembrou que se tratava de uma nazista. Não podia perder tempo com a história daquela alemã. Ela precisava de informações sobre Hannelore.

– Maldita guerra! – continuou a anciã.

– Sim, a guerra destruiu muitas famílias. Milhares de pessoas morreram injustamente, uma barbárie. – Jacques falava em tom apaziguador, tentando conquistar a confiança da mulher. – Foi por isso que viemos aqui: para conhecer um pouco da história de Hannelore.

– *Ach*! Era uma boa menina, e muito bonita. Casou-se com o melhor homem da cidade, o professor Hans, também um amor de rapaz. Muito esforçado, ele conseguiu emprego em Berlim, mas foi convocado para a guerra e nunca voltou. Morreu pelo seu país, coitadinho!

– Pobre garoto! Tão trabalhador, e com uma esposa tão boazinha – concordava Jacques, tentando conseguir alguma informação.

– Que Deus o tenha – disse a velha.

– Amém! Mas nos diga uma coisa, senhora: por acaso existe algum documento de Hannelore guardado aqui? – ele insistiu.

– Não tenho nada. Depois que se mudou para Berlim, a coitada não teve mais tempo de voltar a Lilienthal. Ela se dedicava aos necessitados.

Golda não se conformava que as pistas estivessem desaparecendo justo agora, quando eles tinham chegado tão perto da verdade.

– Pense bem, minha senhora. Não haveria nem uma foto do casamento dela e do professor Hans, ou um documento que não tenha sido destruído pelos russos?

– Agora que vocês perguntaram, eu me lembrei! Que memória a minha! Existe uma caixa com alguns pertences de Hannelore. Naquela época não era incomum as pessoas nos confiarem seus pertences mais importantes. Aguardem só um instante que irei buscar.

Golda e Jacques se entreolharam com esperança.

A senhora se levantou com alguma dificuldade e foi até uma sala escura, repleta de prateleiras.

– Essa nazista quase estragou tudo! – Golda esbravejou em hebraico.

– Calma, vamos chegar lá – disse Jacques, otimista.

Depois de alguns minutos, a velha voltou arrastando os pés. Segurava uma caixa nas mãos.

– A mãe dela trouxe isso um pouco antes de os russos chegarem em Lilienthal. Achou que suas memórias estariam mais protegidas aqui. Ela guardava tudo da filha, tinha muito orgulho dela.

Os agentes estavam tão animados que pareciam ter encontrado um tesouro.

Dentro da caixa estavam as revistas que Hannelore lia quando criança, fotos de roupas, pedaços de tecidos, vidros vazios de perfume e várias cartas. Os dois ficaram eufóricos com esses últimos itens.

Sentados em um banco, começaram a ler.

Frau Schultz, imagino que a senhora gostaria de receber notícias de sua querida Hannelore. Ela me pediu que escrevesse contando as novidades, então enviarei essas cartas mensalmente. A vida está indo muito bem para sua filha aqui em Berlim: o professor Hans a trata com carinho, e ela começou a trabalhar em um escritório de advocacia. Os dois mandam muitos beijos a você e a toda a família.

H.B.

As cartas seguiam nessa linha, descrevendo a vida confortável de Hannelore na capital e omitindo seu caso com o Dr. Von Huss.

– Quem será esse H.B.? – Golda perguntou a Jacques.

– Não tenho a menor ideia. Com certeza alguém que não desejava ser reconhecido, mas queria que a mãe de Hannelore tivesse notícias da filha.

Os dois leram tudo em ordem cronológica. Não havia nada que pudesse ser útil à investigação – as cartas não passavam de mentiras contadas para fazer a mãe de Hannelore feliz.

Até que chegaram à última carta.

Cara Frau Schultz, trago uma boa notícia para a senhora: depois que Hannelore ficou viúva do professor Hans Schmidt, vários pretendentes pediram a sua mão em casamento. Ela acabou aceitando o pedido de um importante oficial da Schutzstaffel, o comandante Joseph Muller. Trata-se de um militar muito conceituado, que conta com o apoio de Heinrich Himmler, Reichsführer da SS. A senhora não precisa mais se preocupar: sua filha está em boas mãos!

Consegui uma cópia da certidão de casamento para que possa mostrar as conquistas de Hannelore à família e amigos. Meus parabéns! Agora que sua filha está bem encaminhada, deixarei de enviar essas correspondências; esta é a última carta que escrevo.

Com carinho,

H.B.

Golda gritou como uma criança.

– A certidão de casamento de Hannelore e Muller! Parece um milagre!

– Não existem coincidências, lembra? – falou Jacques, abraçando a amiga.

Eles revistaram a caixa atrás de alguma fotografia da alemã, mas nada encontraram.

– Parece que ela nunca gostou de tirar fotos – comentou o agente.

– Ou não queria deixar nada registrado – Golda observou. – Venha, precisamos levar esses documentos conosco.

Os dois agradeceram a gentileza da velha senhora e deram a ela alguns marcos, que valiam muito na Alemanha Oriental. Ela deixou que eles levassem a caixa.

– Agora só falta provar que Eva é Hannelore – disse Golda enquanto voltavam para Berlim Ocidental.

– Não será fácil. Precisamos achar uma foto.

A passagem pelo Checkpoint Charlie foi novamente uma aventura. Os oficiais revistaram todo o carro, mas não olharam no lugar mais óbvio: a bolsa de Golda, na qual se encontrava a caixa de cartas da família Schultz. Novamente, fizeram mil perguntas até liberarem a dupla.

A fotografia

De volta a Berlim, Golda e Jacques sentaram-se em um café para planejar os próximos passos da investigação. Precisavam de um documento com foto para provar que Eva era, na verdade, Hannelore.

O tempo estava contra eles. A diretora do centro Wiesenthal tinha dado um mês para realizarem a pesquisa. O centro sobrevivia à base de doações, e as verbas eram limitadas demais para manter dois agentes em campo durante um longo período.

De repente, Golda teve uma ideia.

— Precisamos encontrar a escola onde Hans trabalhava! Céus, como não pensei nisso antes?

— Brilhante, Goldie. E acho que sei quem pode nos dizer o nome da escola — respondeu Jacques.

— A fofoqueira do antigo prédio de Hannelore?

— Ela mesmo!

Os dois correram até o prédio da Clausewitz Strasse e tocaram no apartamento da velha senhora. Ninguém atendeu. Continuaram insistindo, até que alguém apareceu na janela ao lado.

— Vocês estão procurando *Frau* Becker? — perguntou a vizinha.

— Sim, precisamos falar urgentemente com ela.

— Ela foi internada, sofreu um infarto. Sinto muito.

Os agentes ficaram apavorados. A Sra. Becker era a única pessoa que poderia saber aquela informação. Se o pior acontecesse, voltariam para a estaca zero. Perguntaram à vizinha para qual hospital ela havia sido levada e voaram até lá.

Por sorte, chegaram no horário de visitas e conseguiram entrar no quarto. *Frau* Becker estava abatida, mas lúcida. Ficou feliz com a visita dos jovens. Para ganhar a simpatia da velha senhora, os dois tinham comprado flores no caminho.

O truque funcionou. Ela foi bastante solícita.

Depois de falar sobre o infarto, as dores, o pronto-atendimento do serviço médico alemão e garantir que não se metia na vida alheia, finalmente revelou o nome da instituição onde Hans dava aulas: Instituto Jugenschulme Johann Wolfgang von Goethe.

Pegaram um bonde e desceram bem em frente à escola. Era uma construção reformada – o prédio original tinha sido bombardeado no final da guerra.

Procuraram o diretor e explicaram o motivo da visita.

– Temos certeza de que Eva Rosen e Hannelore Muller são a mesma pessoa. Só precisamos de uma foto para completar o quebra-cabeça – explicou Jacques.

– Uma foto da esposa de Hans? – quis saber o diretor.

– Sim! – respodeu Golda.

O diretor, que era um jovem humanista, antifascista e antinazista, estava disposto a ajudar. Ele concordava que era preciso limpar a Alemanha dos nazistas, e passar uma borracha no passado não era a solução. Os criminosos de guerra deviam ser punidos.

– E por que eu teria isso? – ele repetiu a pergunta.

– Vocês não têm nenhum registro dela com Hans em um evento, uma festa, na formatura dos alunos? – perguntou Golda, que começava a ficar impaciente.

– Sinceramente, não sei dizer. Vamos falar com o bibliotecário, nosso funcionário mais antigo. Ele com certeza conheceu o professor Hans pessoalmente.

O diretor fez sinal para que Jacques e Golda o seguissem, e os três foram em direção à biblioteca, onde encontraram um senhor organizando os livros.

Quando questionado se conhecera Hans Schmidt, o funcionário respondeu:

– É claro, conheci muito bem o professor Hans. Era um jovem esforçado, que não falava muito sobre sua vida pessoal, mas eu sabia que ele sofria nas mãos da esposa. Foi por isso que ele resolveu se alistar: o exército foi a única maneira que encontrou para fugir da humilhação que seu casamento se tornara.

– Precisamos de uma foto de Hannelore Schmidt, esposa de Hans. Sabe nos dizer se existe algo assim no arquivo da escola? – questionou Jacques.

O bibliotecário balançou a cabeça negativamente.

– Mas você já a viu pessoalmente, certo? Poderia reconhecê-la se a encontrasse hoje? – insistiu o agente.

– Se eu já a vi pessoalmente? Imagine! A Sra. Schmidt nunca pisou aqui. Ela desprezava o marido.

No caminho para o hotel, Golda precisou segurar sua vontade de gritar. Estava arrasada.

Jacques a ajudou a subir no bonde, e os dois viajaram em silêncio, sem trocar uma palavra sobre a investigação. Era como se uma tonelada de concreto tivesse sido colocada sobre seus ombros. Quando finalmente pareciam estar perto de colocar as mãos em Hannelore, ela escapou como uma raposa. Mais uma tentativa infrutífera, e o tempo passava rapidamente.

O bonde parou próximo ao hotel, e os dois se despediram ao descer. Encontrariam-se no dia seguinte. Por ora, Golda só queria tomar um banho e dormir.

A doze mil quilômetros dali, o Dr. Nahum fazia a sua parte, alheio às dificuldades que os jovens agentes enfrentavam. Ele havia procurado antigos prisioneiros de Wodospad Niebieski em diferentes partes do mundo, e todos com quem conversou confirmaram o desejo de testemunhar contra Hannelore caso ela fosse levada a julgamento. Não havia um ex-prisioneiro que não queria vê-la atrás das grades.

Já era tarde da noite quando o telefone tocou no quarto da israelense. Ela dormia tão pesado que demorou a entender do que se tratava aquela campainha. Tateou a mão no escuro até achar o abajur. Quando tirou o telefone do gancho, ouviu a voz do Dr. Nahum Landau.

– Tenho ótimas notícias – disse o médico, animado. Ele não havia se dado conta de que era madrugada na Alemanha.

Golda sentou na cama para ouvi-lo melhor. Landau prosseguiu:

– Já consegui mais de dez testemunhas para o processo. Estão todos dispostos a depor – ele falou.

Golda tentou demostrar emoção em sua voz, mas não conseguiu enganar o médico.

– Estou sentindo você desanimada.

– Eu estava dormindo.

– Não acho que seja isso. O que aconteceu?

A jovem israelense explicou, então, a dificuldade em conseguir a última peça daquele quebra-cabeça: a foto de Hannelore.

O Dr. Landau, como todos os sobreviventes do Holocausto, era um lutador e jamais desistia. Sabia que conseguiriam encontrar a prova que faltava.

– Não desanime, minha querida, nós vamos conseguir. Falta muito pouco.

– Dr. Landau, não sabemos mais onde procurar. Fomos a todos os lugares possíveis.

– Sempre existe uma saída. Lembre-se de que eu saí vivo de Wodospad Niebieski, e isso também parecia impossível. Pensarei um pouco e ligarei para você quando tiver alguma ideia. Agora, procure descansar.

No dia seguinte, Golda tomou um café da manhã reforçado e foi passear no Tiergarten, o grande parque no centro de Berlim. Bem arborizado, o local parecia um oásis verde no meio da cidade.

Ali sempre fora a região das embaixadas, antes e depois da Segunda Guerra.

A jovem passeou pelas alamedas, alimentou os esquilos, aproveitou a natureza e tentou relaxar do estresse que era o seu trabalho.

Depois de algumas horas, sentindo a cabeça mais leve, sentou-se e pegou seu caderno de anotações. Abriu na página do organograma e releu todas as informações para tentar encontrar uma nova pista.

Não havia nada.

No final do dia, voltou ao hotel. Não havia nenhum recado de Jacques, mas sim uma mensagem do Dr. Landau: "Procure o relatório da Gestapo sobre a traição de Von Huss".

Era mais uma porta que se abria, mais uma possiblidade que não tinham considerado. Correu para o quarto e ligou para Jacques. Ele tentaria marcar uma visita aos arquivos oficiais no dia seguinte.

Aproveitando a virada do caso, ele arriscou mais um convite para um encontro:

– Goldie, aquela mostra de filmes da Leni Riefenstahl ainda não acabou. Vamos lá esta noite?

– Obrigada, Jacques, mas tive uma tarde desanimadora e prefiro não sair – ela recusou.

Marcar a visita aos arquivos da Gestapo não foi fácil. O agente precisou ir em busca de vários contatos e pessoas influentes, tomando cuidado para não revelar muito sobre o caso. Depois de três dias, finalmente conseguiu agendar um horário.

Os dois foram muito bem recebidos nos arquivos oficiais. Explicaram qual processo gostariam de examinar e tiveram acesso liberado ao relatório sobre a traição de Von Huss. Para a decepção deles, no entanto, o resultado foi negativo: não havia qualquer menção a Hannelore nos autos, muito menos uma foto.

Ela havia apagado seu passado completamente.

Saindo do prédio, Golda chorou de decepção.

Luzes, câmera, ação!

O prazo de trinta dias tinha se esgotado. Apesar de todo o esforço e do que haviam levantado até então, faltava associar Hannelore Schultz-Muller a Eva Rosen Hussmann.

O passado nazista de Hannelore parecia ter desaparecido num passe de mágica: era como se ela nunca houvesse existido.

A frustração de Golda era total. Na manhã do último dia, ligou para a Sra. Kreimer, em Viena, na esperança de que ela aceitasse indiciar Hannelore com as evidências que tinham em mãos.

A diretora foi bem clara:

— O que vocês têm é a história de uma jovem nascida Schultz que se casou com Hans Schmidt, ficou viúva e se casou novamente com o comandante Muller da SS. Essa jovem cometeu crimes contra a humanidade, mas onde está ela hoje?

— Casada com Gunther Hussmann.

— E como você pode provar isso, Golda? Sinto muito, mas não temos nenhuma evidência concreta – afirmou a Sra. Kreimer.

— A verdadeira Eva Rosen está morta. Mesmo que estivesse viva, teria 80 anos hoje!

— Mesmo assim, a suspeita possui um documento oficial dizendo que é Eva Rosen.

— E a palavra do Dr. Nahum Landau, o testemunho dos outros sobreviventes? Nada disso conta? – choramingou Golda.

– É a palavra deles contra a dela. E ao lado dela está um dos maiores empresários da Alemanha Ocidental, assim como seu poderoso batalhão de advogados. Vão alegar que os prisioneiros estavam sob grande estresse no campo de Wodospad Niebieski, que trinta anos se passaram, que os judeus querem vingança. Esses ex-prisioneiros estavam em um campo de concentração, sofrendo diversas privações. Seria simples alegar que eles não têm condições de reconhecer a mesma mulher depois de tanto tempo! Isso já aconteceu com outros acusados de crimes contra a humanidade. Não podemos passar por outra situação constrangedora como essa, ainda mais se tratando da esposa de um dos homens mais poderosos da Alemanha. Acusar uma mulher inocente pode nos trazer grandes prejuízos.

– É exatamente por isso que precisamos dela no banco dos réus. Será a primeira esposa de um SS condenada por se aproveitar do poder do marido. Ela se beneficiou da morte de milhares de judeus. Vamos abrir um precedente!

– Esse precedente não pode se voltar contra nós. Não posso colocar a integridade do centro em risco, indiciando alguém sem provas concretas, muito menos arriscar um processo milionário por perdas e danos – argumentou a Sra. Kreimer. – Desculpe, minha querida, mas infelizmente essa é a verdade. Vamos arquivar o caso.

Desmotivada, Golda desligou o telefone. Tinha chegado tão perto, e, ao mesmo tempo, continuava tão longe.

Quando relatou a conversa a Jacques, o agente foi obrigado a concordar com a diretora.

– A Sra. Kreimer tem razão, Goldie. Acusar sem provas a esposa de alguém poderoso como Gunther Hussmann seria entregar o centro de bandeja para a rede de proteção dos nazistas. Esse assunto é muito delicado, precisa ser tratado com cuidado.

– Então vamos desistir? – questionou a agente, que não aceitava a derrota.

– Infelizmente muitos nazistas escaparam. Hannelore foi muito hábil, passou a vida dando golpes e se preparou para não ser pega.

– O que vamos fazer?

– Que tal a gente se distrair um pouco? Hoje é o último dia daquela mostra da Leni Riefenstahl – ele tentou mais uma vez.

– Você tem razão. Vamos lá, preciso esquecer esse assunto.

Os dois chegaram ao cinema atrasados e perderam os letreiros de apresentação.

A plateia era formada basicamente por jovens interessados em estudar os enquadramentos revolucionários e a estética da aclamada diretora nazista.

A primeira cena do filme era o close de uma linda jovem. Quando Golda a viu, deu um pulo da poltrona e apontou para a tela, gritando:

– É ela! É Hannelore!

A queda

Fazia mais de trinta graus naquela manhã em Wannsee. Em sua mansão, Eva Hussmann se preparava para tomar sol à beira da piscina.

Quando tirou o roupão, fez a alegria dos empregados: apesar da idade, exibia um corpo maravilhoso em seu sofisticado maiô de duas peças.

O marido não era ciumento, confiava cem por cento nela. Gunther, assim como todos os homens que passaram por sua vida, beijavam o chão por onde ela andava.

O bilionário acreditou em tudo o que a esposa havia lhe contado: que era filha de um joalheiro, que não podia engravidar, que aquele era seu primeiro casamento e que era uma esposa fiel. Acreditava, sobretudo, que a satisfazia sexualmente. E quem não se orgulharia de levar ao êxtase uma mulher tão linda e sensual?

Gunther nem imaginava que ela desviava milhões de marcos para uma conta secreta que possuía na Suíça. "É sempre bom se prevenir para o futuro. Já vi muita coisa acontecer nos últimos anos", pensava a esposa, sempre um passo à frente.

Era uma mulher que sabia de onde tinha vindo e o quanto havia lutado para chegar aonde chegou. Sua vida não teria corrido daquela forma se não tivesse tomado as devidas precauções.

O jardim da mansão era imenso, muito bem cuidado e florido, um dos mais belos jardins particulares da Alemanha. Eva já tinha a pele dourada do sol, e o contraste com o verde, que realçava seus olhos azuis, a deixava ainda mais bonita.

Tinha terminado de passar o bronzeador quando ouviu uma gritaria vinda do portão de entrada.

Não se preocupou – sabia que a poderosa segurança da casa cuidaria do assunto. Deitada na espreguiçadeira, fechou os olhos e se concentrou no bronzeado.

De repente, sentiu uma sombra cobrir seu rosto. Alguém a chamava por um nome que não escutava havia décadas.

– *Frau* Hannelore Schultz? Ou devo dizer *Frau* Hannelore Muller?

Abriu os olhos lentamente e viu três policiais de pé em frente à espreguiçadeira.

Não se abalou. Abrindo um sorriso sensual, respondeu calmamente:

– Desculpe, acho que os senhores me confundiram com alguém.

Um dos policiais mostrou um documento.

– A senhora está sendo intimada pela Justiça da República Federativa Alemã por crimes de guerra. Acompanhe-nos imediatamente.

A setecentos quilômetros de distância, em Viena, o Dr. Nahum e sua esposa eram recebidos calorosamente pela Sra. Kreimer e Golda no escritório do Centro Simon Wiesenthal.

– Que bom que vocês voltaram – a jovem israelense disse com um sorriso.

– Aproveitei para comprar no *free shop* uma garrafa de Champagne – disse o Dr. Nahum.

Nesse exato momento o telefone tocou. Ela atendeu e conversou em hebraico por alguns minutos. Depois abriu um grande sorriso e colocou o telefone de volta no gancho. Virando-se para todos, que estavam impacientes ao seu lado, abriu os braços e exclamou:

– Era o Jacques. O mandado de prisão foi entregue pessoalmente a Hannelore. Nós conseguimos! Pode abrir a Champagne, doutor!

Os quatro se abraçaram, vibraram juntos e brindaram.

– *Le chaim!* À vida!

A prisão

A prisão de Spandau ficava em um subúrbio de Berlim, em uma região não muito longe da mansão dos Hussmann em Wannsee. Construída em 1876, seus tijolos vermelhos eram semelhantes àqueles usados em Auschwitz, assim como os muros de cinco metros de altura e as cercas de arame farpado que a protegiam. Depois da guerra, a prisão passou a ser usada para encarcerar condenados famosos julgados no Tribunal de Nuremberg, como Rudolf Hess, Albert Speer, Karl Dönitz e muitos outros.

Seus corredores eram longos e escuros, mas muito limpos, como tudo na Alemanha. As celas, individuais, contavam com uma pequena mesa, uma cadeira, um estrado com colchão e uma privada com uma pia, ambos de aço. Mesmo precárias, pareciam suítes de um hotel cinco estrelas se comparadas aos barracões onde os judeus eram confinados em Wodospad Niebieski.

O julgamento de Hannelore movimentou toda a imprensa mundial. Era a primeira vez que a esposa de um nazista era processada por ter se beneficiado do poder do marido.

Como previsto, Gunther contratou os melhores advogados da Alemanha para defender a esposa, inclusive um ex-ministro da Justiça. Gastou uma verdadeira fortuna. A defesa de Hannelore se baseou no argumento de que ela não sabia o que o marido fazia. Era o princípio do *Kinder, Küche, Kirche* mais uma vez: como todas as mulheres dos nazistas, alegavam que Hannelore cuidava apenas das crianças, da cozinha e dos compromissos religiosos. Desconhecia a origem do dinheiro, das roupas e joias que ganhava, ainda que chegassem em grandes quantidades.

Se estivesse sendo acusada apenas desse crime, ela teria escapado, assim como escaparam milhares de mulheres que enriqueceram com a espoliação dos judeus. No entanto, Hannelore havia cometido o erro de participar das seleções dos prisioneiros que chegavam ao campo.

Os sobreviventes convidados a depor por Nahum Landau vieram de diversas partes do mundo: Estados Unidos, Austrália, Argentina, Israel e até do Brasil, país onde se radicara após a guerra. Seus relatos foram emocionantes, levando às lágrimas a plateia que assistia ao julgamento. Mesmo assim, Hannelore não expressou qualquer emoção, nem mesmo quando uma senhora, aos prantos, apontou o dedo para ela, acusando-a de ter lhe negado ajuda quando sua filha de 5 anos foi mandada para a câmara de gás.

Mas a alemã lutou com todas as forças para não ser condenada. Mentiu no tribunal, manipulou os juízes, tentou seduzir o promotor e usou todo o seu talento teatral, mas as provas eram definitivas: quando apresentaram a certidão de casamento que "H.B." havia mandado para seus pais em Lilienthal, não houve escapatória. Ninguém jamais descobriu que H.B. era Hermann Berger.

E havia o filme de Leni Riefenstahl, repleto de imagens de Hannelore jovem, além do contrato assinado por ela. Ela sempre soube que não deveria ter feito aquele filme.

Mesmo com todas as evidências contra a esposa, Gunther Hussmann jamais deixou de acreditar que ela era Eva Rosen.

Foi somente dois anos após sua prisão que Hannelore concordou em receber a visita de Golda. O pedido se baseava em um trabalho que a jovem realizava sobre o perfil psicológico de carrascos nazistas. Segundo fora informada por seus advogados, Golda tinha sido uma das principais responsáveis por sua captura, o que aguçou a curiosidade de Hannelore em conhecê-la.

Acompanhada de uma agente penitenciária, Golda entrou na sala onde os prisioneiros recebiam visitas.

Havia duas cadeiras e uma mesa entre elas, ambas chumbadas no chão, para evitar qualquer acidente. Ela foi instruída a se sentar e aguardar a prisioneira.

Depois de alguns minutos, outra porta se abriu e Hannelore entrou.

Era a primeira vez que Golda a via de tão perto. A sensação era estranha. Observou que, mesmo depois de todo o estresse do processo e da prisão, ela continuava uma mulher linda e altiva.

As duas se cumprimentaram sem se dar as mãos.

Antes que Golda dissesse qualquer coisa, Hannelore perguntou por que ela se dedicava a capturar nazistas.

Golda contou que não sabia quem eram seus pais. Ao final da guerra, fora abandonada, ainda bebê, em uma fazenda em Wodospad Niebieski. Sobreviveu graças a uma judia, que a encontrou e resolveu adotá-la. Quando a guerra terminou, as duas emigraram para Israel.

– Desde criança, eu jurava à minha mãe adotiva que caçaria nazistas – disse Golda.

Hannelore ouviu a história sem esboçar qualquer reação.

Decidiu que mentiria novamente. Desta vez, no entanto, seria para proteger a própria filha.

Como dizem os sábios, no judaísmo não existem coincidências.

Este livro foi composto com tipografia Adobe Garamond Pro
e impresso em papel Off-White 70 g/m² na Formato Artes Gráficas.